Auf den Tod versichert

Wolf-Rüdiger Heilmann

Auf den Tod versichert

Kriminalroman

Personen und Handlung sind frei erfunden.
Ähnlichkeiten mit lebenden oder toten Personen
sind rein zufällig und nicht beabsichtigt, abgesehen
von gewissen Übereinstimmungen zwischen Autor
und Ich-Erzähler.

Bibliografische Information der Deutschen Nationalbibliothek:
Die Deutsche Nationalbibliothek verzeichnet diese Publikation in der
Deutschen Nationalbibliografie;
detaillierte bibliografische Daten sind im Internet über
http://dnb.d-nb.de abrufbar.

© 2014 Wolf-Rüdiger Heilmann
Satz, Umschlaggestaltung, Herstellung und Verlag: BoD – Books on Demand
ISBN: 978-3-7357-6339-6

Dem Andenken meines langjährigen Klassenlehrers
an der Herderschule in Rendsburg

Studiendirektor Dr. Edward »Eddi« Hoop

in Dankbarkeit gewidmet.

»Wolf-Rüdiger, ich möchte Dich nicht noch einmal in der Freistunde bei Kihr-Goebel antreffen!« – »Herr Dr. Hoop, um als erster in Rendsburg ›Rubber Soul‹ zu hören, würde ich sogar die Androhung eines Schulverweises riskieren.« – »Dann behalt das wenigstens für Dich!«

Dezember 1965

1

Im Nachhinein habe ich mich oft gefragt, warum ich nicht misstrauisch geworden bin. Wenn ich nicht so gutgläubig gewesen wäre und mein Instinkt nicht versagt hätte, wäre mir jedenfalls manches erspart geblieben. Ich bin Mathematiker in einem Versicherungsunternehmen und sollte daher eigentlich prädestiniert dafür sein, Risiken zu erkennen und abzuschätzen.

Vielleicht ist die Erklärung für meine Naivität so einfach wie der ganze Vorgang: Ich kam aus der Teeküche, hatte in der linken Hand einen Becher mit Tee, in der rechten eine Untertasse mit einer Tasse Kaffee darauf. Hatte ich die Tür zu meinem Büro nicht offen gelassen? Jetzt war sie jedenfalls zu, und ich musste mit dem linken Ellenbogen die Klinke hinunterdrücken, um die Tür zu öffnen. Trotz jahrelanger Übung war dies immer wieder eine Herausforderung – meistens ging es gut, gelegentlich kam gerade jemand vorbei und öffnete die Tür für mich, und nur einmal war der Balanceakt schiefgegangen, doch damals hatte ich zum Glück noch keinen Teppichboden vor meinem Büro und keinen Termin nach diesem Desaster.

Auch mein Kollege Dieter Domrich war an jenem Tag nicht im Hause gewesen. Der hatte einen Narren an mir gefressen, und während alle anderen über meine absonderlichen Kunststückchen und die diese auslösenden Trinkgewohnheiten den Kopf schüttelten oder die Nase rümpften, wurde er nicht müde, meine tolle Körperbeherrschung und außergewöhnliche Geschicklichkeit zu loben. Nicht auszudenken, was in ihm zusammengebrochen wäre, hätte er seinerzeit meinen Fauxpas miterleben müssen.

Diesmal ging also alles gut, ich betrat mein Zimmer – und sah Nollmann an meinem PC stehen. Genauer – ich sah zunächst nur seine Silhouette, denn er stand mit dem Rücken zu mir vor dem Fenster, durch das die Sonne herein schien. Mehr überrascht als erschrocken vermochte ich gerade noch, die Trinkgefäße auf meinen Schreibtisch zu schieben, als Nollmann herumfuhr, und ich erlebte zum ersten Mal, dass er für einen Moment die Contenance und Selbstsicherheit verlor, für die er bekannt, bewundert, aber auch gefürchtet war. Manchmal ist es leichter, einen Vorgesetzten zu ertragen, der brüllt und flucht, als einen, der mit unglaublicher Ruhe, leiser Stimme und in gesetzten Worten ein vernichtendes Urteil abgibt.

Auch sein Vorgänger, Lohnert, hatte sich immer um Selbstbeherrschung bemüht, aber ihm rutschten schon mal beleidigende und kränkende Äußerungen wie »Schwachmatiker« oder »Ihnen fehlt die nötige Turnierhärte!« heraus. Nicht so Nollmann. Wenn etwas fehlte bei einem Exposé oder einer Statistik, die man ihm vorgelegt hatte, schob er das Druckstück mit spitzen Fingern von sich weg und zischte mit säuerlicher Miene »Ich vermisse…« Oder er sagte in näselndem Ton und mit vernichtendem Blick »Das ist mir zu theoretisch!«, wobei er seine besondere Verachtung für diese Verfehlung zum Ausdruck brachte, indem er das Schimpfwort »theoräddisch« aussprach – er, der sonst immer höchsten Wert auf dialekt- und akzentfreie hochdeutsche Aussprache legte.

Nollmann hatte einen Akademikerkomplex, und mein Doktortitel war für ihn eine persönliche Beleidigung, eine subversive Provokation und eine permanente Störung des Betriebsfriedens. Das ließ er mich spüren, und die schlimmsten Heimsuchungen erlebte ich, wenn wir gemeinsam auftraten und mit Worten wie »Guten Tag, Herr Nollmann, guten Tag, Herr Dr. Rieger« begrüßt wurden. Was Nollmann wie einen Tiefschlag erlebte, ließ er mich anschließend spüren, am liebsten sofort, indem er meine Entbehrlichkeit zum Ausdruck brachte – besonders gern durch demonstrative Abwendung von mir und kommentarlose Entfernung mit dem uns Begrüßenden.

Nollmann hatte noch nie allein mein Zimmer betreten. Er kam eigentlich nur zu mir, wenn er einen Gast hatte, den er loswerden wollte, oder einen, der darauf bestand, auch mich zu treffen – in der Regel, nachdem Nollmann vergeblich versucht hatte, ihm dies auszureden. Und nun stand er vor meinem Computer, und ich hatte den Eindruck, dass er nicht nur einen kurzen Blick auf den Bildschirm geworfen hatte. Er fuhr herum. Ein leichtes Zusammenziehen seiner Augen zeigte mir, dass er überrascht war. Er brauchte einen Moment, um sich eine angemessene Reaktion zu überlegen und eine plausible Begründung für sein offensichtliches Fehlverhalten zu finden.

Ich genoss es einen Moment, den altbösen Feind in dieser Verlegenheit zu erleben, und steigerte meinen kleinen Triumph noch, indem ich ihm generös eine Verlängerung der Bedenkzeit gewährte: »Hallo, Herr Nollmann. Kann ich Ihnen einen Kaffee anbieten, oder einen Tee?« Nollmann wusste genau, dass er in der Defensive war. Es war auch jetzt schon klar, dass er sich dafür rächen würde, aber zunächst einmal musste er sich aus seiner selbstverschuldeten Bredouille befreien, ohne das Gesicht zu verlieren. Er lehnte mein Angebot ab und fügte hinzu: »Sie arbeiten immer noch mit diesem alten Kasten? Ich dachte, inzwischen seien alle auf Notebooks umgestiegen?« Typisch Nollmann. Er interessierte sich nicht im Geringsten für alte oder neue Kästen, aber er hatte den Spieß umgedreht und mich beinahe auf dem falschen Fuß erwischt.

Der alte Fuchs hatte recht. Ich besaß längst auch ein Notebook wie meine Kollegen, aber ich hatte auf dem PC so viel geschäftliches, aber auch privates Zeug geladen, dass ich mich bisher darum herumgedrückt hatte, eine Migration durchzuführen. Einen Kollegen aus der EDV-Abteilung konnte ich dazu erst recht nicht heranziehen – selbst wenn er bei diesem Vorgang diskret vorging und nicht auf möglicherweise kompromittierende Inhalte achtete, so würde ich ihn doch in arge Verlegenheit bringen. Einem Experten konnte nicht entgehen, dass ich Programme geladen hatte, die laut Anweisung des EDV-Chefs tabu waren. Verstöße dagegen wurden streng sanktioniert.

Zum Glück konnte ich Nollmanns Attacke einigermaßen parieren – die Frage war mir schon häufig gestellt worden, und ich antwortete schnell »Ja, klar, ich hab auch ein Notebook«, und zeigte auf die Umhängetasche, die an meinem Schreibtisch lehnte. »Der PC ist einfach komfortabler. Aber alle aktuellen Programme und Dateien sind parallel auf dem Laptop.« Nun stand es für den Moment pari. Aber Nollmann war bewusst, dass er seine Anwesenheit in meinem Büro und vor allem den Aufenthalt an meinem Schreibtisch und bei dem PC noch nicht hinreichend begründet hatte. Er zeigte auf den Rechner, auf dem längst der Bildschirmschoner hätte erscheinen müssen – stattdessen wurde der Ordner »Eigene Dateien« angezeigt. »Ich wollte wissen, ob Sie morgen Abend zum Abendessen mit den Leuten von Fina-Plan kommen. Da Sie so lange verschwunden waren, hab ich mir erlaubt, einen Blick auf Ihren Kalender zu werfen. Aber da steht nichts.«

Es genügte ihm wieder nicht, sich aus seiner Erklärungsnot herauszuwinden – er musste auch gleich zum Gegenangriff übergehen. »Ja, ja, den Kalender benutze ich fast gar nicht mehr. Ich hab ihn eigentlich nur noch, weil dort Geburtstage, Jubiläen und so weiter eingetragen sind. Alle aktuellen Termine führe ich auf dem BlackBerry.«

Nollmann gab sich zufrieden. »Dann bis morgen.« Er verließ mein Büro. Der Kaffee war kalt, der Tee in dem großen Becher immerhin noch lauwarm.

Ich sitze oft noch sehr lange an meinem Schreibtisch und genieße es sogar, wenn das Haus sich allmählich geleert hat, Ruhe einkehrt – das Geschwader der Putzleute kommt nicht abends, sondern frühmorgens – und kaum noch Telefonate oder E-Mails eingehen. In dieser Zeit kann ich Dinge erledigen, die die volle Aufmerksamkeit verlangen, und auch ein paar private Angelegenheiten regeln. Den Mitarbeitern auf meiner Ebene ist es nicht ausdrücklich untersagt, das Internet für persönliche Zwecke zu benutzen und einen privaten E-Mail-Account zu führen.

Aber an diesem Abend konnte ich mich auf nichts richtig konzentrieren – die ebenso ungewöhnliche wie unerklärliche Anwesenheit von Nollmann in meinem Büro ging mir nicht aus dem Kopf. Was hatte er wirklich gewollt? Was glaubte er finden zu können? Was wusste er? Wusste er was?

Auf der Heimfahrt ließ ich mich durch die Nachrichtensendung im Autoradio ablenken. Vor meiner Wohnungstür lag ein Paket – drei Vinyl-Alben der Beatles waren gekommen. An diesem Abend übernahmen The Fabulous Four das Kommando und hielten mich davon ab, noch einmal über Nollmanns Auftritt nachzugrübeln. Dabei war doch »I Should Have Known Better« ein ebenso dezenter wie deutlicher Hinweis.

2

Der nächste Tag war angefüllt mit Terminen – Sitzungen, Besprechungen, Telefonkonferenzen. Wenn ich an Nollmann dachte, dann nur im Zusammenhang mit dem abendlichen Geschäftsessen. Welche Rolle würde er diesmal für mich vorgesehen haben? Er war zu sehr Profi, um seine Mitarbeiter bei solchen Anlässen bloßzustellen, aber sein Ego ließ es auch nicht zu, dass andere vor Kunden und Geschäftspartnern glänzten. Ich kannte die Leute von Fina-Plan, mit denen wir essen würden. Drei Herren mittleren Alters, typische Vertriebsleute, die gern gut aßen und viel tranken. Ihre Tischmanieren waren nicht die feinsten, ihr Humor nicht der subtilste, aber sie verloren auch in der ausgelassensten Stimmung nie ihr Ziel aus den Augen – »Geschäfte«. Mir war bekannt, dass Nollmann sich in einer solchen Gesellschaft eigentlich nicht wohlfühlte, und ich wusste auch, warum – seine Monologe, seine in Hunderten von Geschäftsessen eingeübten und erprobten Anekdoten wirkten saft- und kraftlos im Vergleich zu den Sprüchen und Scherzen der Außendienstler, und sein Repertoire an vermeintlich originellen Formulierungen fand keine rechte Gegenliebe bei Gesprächspartnern, die das schwere rhetorische Kaliber gewohnt waren und auch vorzogen.

Nollmann wusste natürlich, dass er unsere Gäste mit Ausführungen zum Thema Moderne Kunst – das ihn wirklich fesselte und nach meiner Kenntnis sein einziges privates Interessengebiet neben dem Golfspielen war – nicht vom Hocker reißen konnte.

Würde er den Wein wieder in peinlicher Angeberei als »auf Flaschen gezogene Sonnenstrahlen« verherrlichen? Käme wieder die uralte, selbstverliebte und in fast weinerlichem Ton vorgetragene Leier von seiner Armverletzung, die ihn daran gehindert hatte, ein – natürlich erfolgreicher – Leistungssportler zu werden? Würde er wieder die unsägliche Klamotte von seinem Südamerika-Aufenthalt aus der Schublade ziehen und damit protzen, dass er dort »als junger Spund« unter unsäglichen Bedingungen, in tropischer Hitze und bei schier unerträglicher Luftfeuchtigkeit auf einer kleinen Reiseschreibmaschine die ersten Versicherungsverträge seiner damaligen Gesellschaft zu Papier gebracht hatte – bei Kunden, die besser mit der Machete umzugehen wussten als mit Schreibgeräten? Das besonders Peinliche an diesen Tiraden war einerseits das Prahlerische, vor allem aber der Umstand, dass nicht nur Nollmanns Mitarbeiter, sondern auch die Geschäftspartner seine Geschichten schon mehrfach gehört hatten (dies aber in aller Regel nicht zu erwähnen wagten).

Ich konnte mich an diesem Abend nicht beklagen – die Unterhaltung war kurzweilig, das Essen exzellent, und der Weinkenner Nollmann hatte gut gewählt. Es ging nicht um konkrete geschäftliche Details – das Treffen diente eher der Bekräftigung einer langen Partnerschaft und der Bestätigung der wechselseitigen Sympathie, und so gingen die Gespräche sehr rasch in Smalltalk über, wobei Nollmann mir gelegentlich generös das Wort überließ, wenn er sich inhaltlich nicht sattelfest fühlte.

Er überraschte mich sogar mit einem Spruch, den ich noch nie von ihm gehört hatte. Als der Rotwein serviert worden war, prostete er den Leuten von Fina-Plan zu und sagte dabei: »Halten wir's wie Churchill!« Churchill, überlegte ich, »No Sports!«? Was hatte das mit unserem Essen oder dem Rotwein zu tun? Meinte er vielleicht Wilhelm Busch mit dessen Zitat von den alten Knaben? Auch unsere Gäste schauten ihn fragend an. Und da schob Nollmann auch schon eine Erläuterung nach, offenbar sehr zufrieden mit seinem Überraschungseffekt: »Churchill hat gesagt: Ein junger Mann, der trinkt, ist ein Idiot. Aber ein älterer Mann, der nicht trinkt, ist ein noch größerer Idiot!« Mensch, ist der Nollmann locker heute, dachte ich bei mir.

Gegen Ende – Mitternacht war schon vorüber – nahm das Treffen aber doch noch eine kurze, unerwartete Wendung. Ahlberg, der Chef von Fina-Plan, wandte sich direkt an Nollmann und fragte, ob denn etwas dran sei an den Gerüchten, dass es bei uns eine umfassende Revision zu Todesfällen mit besonders hohen Versicherungssummen gäbe. Nollmann ließ sich nichts anmerken und antwortete kurz, dass er davon nichts wisse. Seiner Kenntnis nach gebe es bei der Schadenabwicklung weder Auffälligkeiten noch gar Unregelmäßigkeiten. Und dann beendete er den Abend wieder mit einem seiner routinierten Sprüche: »Wir sind sehr zufrieden mit der allgemeinen Geschäftslage. Es gibt zwar keinen Grund zum Jubeln, aber für das Jubeln werden wir ja auch nicht bezahlt, oder?« Da die Augen der drei Gäste auf Nollmann gerichtet waren, bemerkten sie nicht, dass mich der Abschluss des Treffens ein wenig irritierte.

Es gibt Berufe, die machen süchtig, oder sie ziehen Menschen mit einem Hang zur Sucht an. Nein, ich meine nicht die Wirte, die selbst ihre besten Gäste sind, und auch nicht die Croupiers, die die Jetons, die sie mit dem Rechen zusammenkehren, gern selber setzen würden. Ich meine die EDV-Spezialisten, die heutzutage in vielen Firmen einen mehr oder weniger großen, aber in jedem Fall mächtigen Staat im Staate bilden und sich daher locker über alle zwischen Betriebsrat und Unternehmensführung ausgehandelten Rauchverbote und sonstigen Vereinbarungen zum Nichtraucherschutz hinwegsetzen. Mein Kumpel Jörg Bernhardt war ein Prototyp dieser kettenrauchenden Spezies und erfüllte auch alle anderen Klischees des Nerds, der in einer unerschütterlichen Symbiose mit Hard- und Software lebt – langes, ungepflegtes Haar, Pickeln im Gesicht und eine ernsthaft gestörte Beziehung zum Kleiderwechsel.

Er war ein Freak, ein Junkie, der sich oft tagelang nur von Zigaretten und schwarzem Kaffee zu ernähren schien, und zugleich ein genialer EDV-Mensch. »Nicht vorzeigbar!« war noch das Mildeste, was Lohnert naserümpfend über solche Mitarbeiter zu sagen pflegte. Nollmann ignorierte sie einfach.

Wir hatten uns auf einem Betriebsausflug, der ihn aus seiner privaten Raucherkabine im Souterrain des Firmengebäudes gelockt hatte, eher zufällig kennengelernt und dabei festgestellt, dass wir mindestens zwei gemeinsame Interessengebiete hatten – die Popmusik der Sechzigerjahre und den Fußball, und zwar vor allem den der fernen Vergangenheit, also eher das Wunder von Bern und das Wembley-Tor als die Schande von Gijón und die Schmach von Cordoba.

Ich hatte ihn damals mit einer Geschichte aus meiner Kindheit zum Lachen gebracht. Ein Fußballspiel der Bezirksliga im Städtischen Stadion, die Heimmannschaft lag zur Halbzeit 0:3 zurück. Kurz vor Schluss beim Stand von 2:3 ein Eckball. Neben mir stand ein Nachbarsjunge, Peter, der in Richtung Spielfeld brüllte: »Jetzt Wulle Kopfball, Tor!« Genau so passierte es, und ich wusste nicht, worüber ich mich mehr wundern sollte – den nicht mehr erwarteten 3:3-Ausgleich meiner Mannschaft, den tollen Kopfball von Wulle oder die prophetische Gabe von Peter.

Jörg Bernhardt und ich standen an der Reling des Ausflugdampfers, der die Belegschaft in einer mehrstündigen Fahrt zu einem Ausflugslokal bringen sollte, und Jörg schnippte eine Zigarettenkippe ins Wasser, sicherlich nicht die erste auf dieser Fahrt. Ich nahm einen Aschenbecher von einem der Tische auf Deck und stellte diesen vor ihn. Sagte er »Spießer«? Es wäre nicht das letzte Mal gewesen, allerdings oft mit der Spezifikation »Logik-Spießer«. Ein solcher war ich seiner Meinung nach, beispielsweise weil ich mich gelegentlich über die hanebüchenen sachlichen Fehler in Fernsehkrimis mokierte. Ich revanchierte mich, indem ich ihn hin und wieder damit aufzog, dass Informatiker ja leider nie über die simple Ja-Nein-Logik, die ihren Systemen zugrunde liegt, hinausgekommen waren und so, wie sich die Evolution in ihren Kreisen zu vollziehen schien, wohl auch niemals hinauskommen würden.

Gegen Ende dieser denkwürdigen Bootsfahrt, als Jörg schon mindestens ein halbes Dutzend Flaschen Bier konsumiert hatte, entdeckten wir noch eine weitere Gemeinsamkeit neben der Schwäche für Altherrenfußball und Schlagermusik: unsere Abneigung gegen Nollmann. Aber während ich Nollmann schlicht für ein Charakterschwein hielt, ging Jörgs Aversion gegen ihn weiter und tiefer. Ich hatte den Eindruck, dass es da eine offene Rechnung gab, die Jörg früher oder später begleichen würde.

Aber an diesem Abend war es für mich das Wichtigste, einen Kollegen gefunden zu haben, der mir voraussichtlich aus so mancher Computer-Kalamität würde helfen können und mit dem ich ungehemmt über Fritz Walter und Uwe Seeler und über John, Paul, George und Ringo reden konnte.

3

Am Morgen nach dem Geschäftsessen mit den Leuten von Fina-Plan war Nollmann tot.
Wegen des tollen Spätsommerwetters war ich mit dem Fahrrad zur Arbeit gefahren. Als ich das Rad in der Tiefgarage abstellte und, von leichten Gewissensbissen geplagt, mit dem Aufzug in die vierte Etage fuhr, war alles wie immer – etwa die Hälfte der PKW-Stellplätze in der Garage war belegt, und es herrschte das übliche frühmorgendliche Treiben im Hause.
Ich holte einige Unterlagen aus meiner Tasche und schaltete meinen Computer an. Das Display meines Telefons signalisierte einen Anrufversuch. Es war ein interner Anruf, aber ich konnte die angezeigte Nummer nicht zuordnen. Ich drückte auf den Rückrufknopf, und nach mehrmaligem Ertönen des Freizeichens meldete sich Martin Blumberg aus der Abteilung für Risikoprüfung und Medizinische Fragen. »Weißt Du, was los ist?« fragte er ohne Einleitung und Umschweife. »Was soll los sein?« fragte ich zurück. »Ich bin gerade erst gekommen und hab nicht bemerkt, dass irgendetwas los ist. Wär ja schön, wenn es mal was Neues gäbe – man wird allmorgendlich zum Dienstantritt vom Vorstand per Handschlag und mit einem Strauß Blumen begrüßt, die Bewirtung in der Kantine wird ab sofort von einem Drei-Sterne-Koch übernommen, und als Weihnachtspräsent für die Mitarbeiter gibt es zukünftig nicht mehr diesen trockenen Stollen, sondern eine Magnum-Flasche aus dem Hause Veuve Clicquot.« Blumberg war offenbar nicht in der Stimmung für solche Witzeleien. »Es muss was Ernstes sein«, sagte er mit einem Ton, der zwischen verschwörerisch und verunsichert changierte. »Und

wie kommst Du darauf?« fragte ich, immer noch nicht überzeugt davon, dass etwas wirklich Wichtiges oder gar Bedrohliches passiert war. »Lohnert ist seit mindestens einer Stunde im Hause, und offenbar sind alle Vorstände zu ihm bestellt worden. Und Kroll hat eine Besprechung mit den Gruppenleitern Risikoprüfung kurzfristig abgesagt.« Kroll war der für die Verwaltungsabteilungen zuständige Vorstand, ein altes Schlachtross, der sich in Jahrzehnten vom Sachbearbeiter mit Hauptschulabschluss zum Vorstand hochgearbeitet hatte, sehr beliebt bei seinen Mitarbeitern und wegen seiner rigiden Annahmepraxis ein rotes Tuch für den Außendienst.

Lohnert war der Vorgänger von Nollmann als Vorstandsvorsitzender und war nach seiner Pensionierung in den Aufsichtsrat aufgerückt, dessen Vorsitz er inzwischen übernommen hatte. Er kam eigentlich nur noch zu den Sitzungen des Aufsichtsrates und zu größeren Veranstaltungen ins Haus. Mir war auch sein Wagen – ein silberner Porsche – in der Tiefgarage nicht aufgefallen, aber vielleicht war Lohnert mit einem Taxi gekommen. Diesen Luxusflitzer hatte er sich gleich zu Beginn seines Ruhestandes angeschafft und sich damit viel Hohn und Spott zugezogen, zumal zeitgleich auch eine junge Dame in sein Leben getreten war.

»Ich hör mich mal um«, beschied ich Blumberg, »und meld mich wieder bei Dir. Vielleicht sind wir ja pleite, und Lohnert hat aus Loyalität zu seinem alten Laden seinen Porsche schon der Konkursmasse zugeführt. Und dabei ist ihm dann auch noch seine Freundin abhanden gekommen – ein Grund mehr, bei alten Vorstandskollegen Trost und Zuspruch zu suchen.« Blumberg gab mir durch ein leichtes Stöhnen zu verstehen, dass ihm weiterhin nicht zum Scherzen zumute war.

Ich überlegte, wen ich anrufen sollte. Es musste jemand sein, der Bescheid wusste und zugleich bereit war, mir sein Insiderwissen anzuvertrauen.

Blumberg hatte Kroll erwähnt. Dieter Domrich gehörte zu Krolls Bereich, aber den brauchte ich gar nicht zu fragen – er saß in punkto Vertrauliches ganz am Ende der Nahrungskette seiner Abteilung. Aber es gab dort noch andere potentielle Informanten, denn meine Beziehungen zu den Risikoprüfern waren ausgesprochen gut. Das war nicht selbstverständlich, weil Risiko- und Schadensprüfer zwar in der Regel einen ähnlichen fachlichen Hintergrund haben, aber bei ihren Tätigkeiten in einem Konkurrenz- und Spannungsverhältnis zueinander stehen – bis in die Spitze ihrer Bereiche: In der Regel wird nur einer ihrer Vertreter Mitglied des Vorstandes.

Kroll war sogar der Vorstand, mit dem ich am besten zurechtkam, trotz meines Doktortitels. Er hatte naturgemäß viel mit Ärzten zu tun – vor Urzeiten gehörten sogar zwei sogenannte Gesellschaftsärzte zu seinem Geschäftsbereich. Die Mediziner ließen ihn deutlich spüren, dass er nicht ihr akademisches Niveau hatte, und spickten ihre Ausführungen noch mehr als ohnehin schon üblich mit Gräzismen, um ihn zu demütigen. Da wusste er einen Mitarbeiter, der nicht darauf erpicht war, mit »Herr Doktor« angeredet zu werden, automatisch zu schätzen.

Er nannte mich »Alfredo«, obwohl in meinen Ausweis der Vorname Jürgen eingetragen und ich auch definitiv kein Spanier war. Das hatte folgenden Grund: Kroll saß nach einem Mittagessen mit mehreren Kollegen in der Kantine, und ich trat an ihren Tisch, als man sich gerade darüber unterhielt, wer der beste Fußballer aller Zeiten sei. Der Kreis der Kandidaten war auch schon auf Pelé und Maradona eingeengt worden. Als sich die Blicke der Juroren auf mich richteten, sagte ich »Alfredo di Stéfano, und der beste Spieler der ungarischen Wunderelf von 1954 war übrigens nicht Ferenc Puskás, sondern Nándor Hidegkuti!« Mit diesem schlaubergerhaften Einwurf hatte ich nicht nur meinen Ruf als Eierkopf aus der Schadensabteilung bestätigt, sondern auch den Spitznamen Alfredo erworben – immer noch besser als Ferenc oder Nándor, dachte ich mir.

Krolls Frau war früh gestorben, und er hatte die beiden Söhne trotz seiner erheblichen beruflichen Belastung allein großgezogen. Der Jüngere war – gegen den massiven Widerstand seines Vaters, wie man hörte – Schauspieler geworden.

Die innerbetriebliche Kommunikation hierüber war ein wahres Fiasko. Zu Beginn der Komparsentätigkeit seines Sohnes sprach Kroll, wann immer das Thema zur Sprache kam, von einem Ferien- bzw. Aushilfsjob. Dann wollte jemand erfahren haben, dass Kroll Junior seine erste Rolle bekommen habe – als Esel in Shakespeares Sommernachtstraum, was unter Kroll-Gegnern, insbesondere im Vertrieb, noch Monate später für Heiterkeitsausbrüche sorgte. Und schließlich entstand bei manchen Leuten aus unerfindlichen Gründen das im Kroll-Lager nicht gänzlich unwillkommene Missverständnis, Krolls Sohn sei der bekannte Schauspieler Joachim Król, was schon aus Altersgründen mehr als unwahrscheinlich war.

Ich hatte einen guten Draht zu Krolls langjähriger Sekretärin, Frau Barbara Schöning, unverheiratet, äußerst korrekt und ein wenig darunter leidend, dass man sie bei der Bestellung der Chefsekretärin mehrfach übergangen hatte. Sie wusste mit Sicherheit Bescheid, aber das Problem war, den Mantel der Diskretion, den sie stets sehr fest um sich geschlungen hatte, zu durchbrechen. Ich entschied mich für einen brachialen Überrumplungsversuch. »Frau Schöning, das ganze Haus summt und brummt wie ein Bienenschwarm, ein Gerücht jagt das nächste. Der Flurfunk vibriert nicht nur, er dröhnt. Es hat überhaupt keinen Zweck, Besprechungen abzuhalten, weil niemand bei der Sache ist. Können Sie mir sagen, was passiert ist?«

Frau Schöning schien einen Moment zu überlegen. Dann flüsterte sie ins Telefon: »Wir haben einen Todesfall im Vorstand. Herr Direktor Nollmann ist plötzlich verstorben. Es wird gleich ein Rundschreiben des Aufsichtsratsvorsitzenden an alle Mitarbeiter herausgehen. Mehr kann ich Ihnen nicht sagen, Herr Dr. Rieger. Und bitte gehen Sie nicht damit hausieren, dass Sie es vorab von mir erfahren haben.« Ich bedankte mich für ihre Offenheit (ohne zu bedenken, dass dies in ihren Ohren nicht unbedingt ein Kompliment war) und legte auf. Mit dieser Nachricht hatte ich nicht gerechnet – erst recht nicht, weil ich zehn Stunden vorher noch einen höchst lebendigen Nollmann erlebt hatte.

Ich fühlte mich an meine Zusage gebunden, Blumberg zurückzurufen, musste aber erst seine Telefonnummer heraussuchen. Als er an den Hörer ging, erfuhr ich, dass er schon längst – »lääängst«, wie er es zu dehnen pflegte – Bescheid wusste und sogar meinen Kenntnisstand noch erweitern konnte: Das in einem Vorort gelegene Haus von Nollmann war angeblich »von Polizeiwagen umstellt«, was allein deswegen nicht stimmen konnte, weil es an zwei Seiten an Nachbargrundstücke grenzte, die jeweils durch eine Hecke abgetrennt waren. Aber, so machte Blumberg deutlich, es ging jetzt nicht allein um den Todesfall Nollmann, es ging offenbar um Mord.

Ein leichtes Ziehen in der Magengrube erinnerte mich daran, dass ich diese Entwicklung nicht auf die leichte Schulter nehmen durfte.

Kurz nach meinem Telefonat mit Barbara Schöning kam per E-Mail (»An alle Mitarbeiterinnen und Mitarbeiter«) das angekündigte, von Lohnert unterzeichnete Rundschreiben. Es bestand aus den in solchen Fällen üblichen Textbausteinen – »... habe die traurige Pflicht, Sie davon in Kenntnis zu setzen, dass Direktor Werner Nollmann, Mitglied des Vorstandes, plötzlich und unerwartet verstorben ist.« Es würde unmittelbar darauf eine Information an alle Geschäftspartner ergehen, alle weiteren Schritte würden mit der Familie von Nollmann abgestimmt und zu gegebener Zeit mitgeteilt werden. Und »Es ist sicherlich im Sinne des Verstorbenen, dass wir alle nach einem Moment des Innehaltens wieder an die Arbeit gehen, mit der ganzen Energie, dem ganzen Pflichtbewusstsein und der gleichen Erfolgsorientierung, die ihn ausgezeichnet haben.« Bis zur Bestellung eines Nachfolgers würde Direktor Klaus Wagner kommissarisch die Verantwortung für den bisher von Nollmann geleiteten Geschäftsbereich übernehmen. Es sollten auch alle von Nollmann angesetzten Besprechungen und Sitzungen wir geplant stattfinden.

Nach meiner Erinnerung war dieser Text – bis auf die Namen – identisch mit dem, der vor einigen Jahren nach dem tödlichen Unfall des Vorstandes Debel versandt worden war.

4

Ich hatte das Schreiben gerade gelesen und war im Begriff, mich zu entscheiden, in welchem Ordner ich es ablegen sollte (»Personalangelegenheiten«, »Mitteilungen des Aufsichtsrats« oder doch »Unerledigte Schadensfälle«), als diese frivole Überlegung durch das Klingeln des Telefons unterbrochen wurde. Es war Jörg Bernhardt. »Weißt Du mehr?«, fragte er. »Mehr als wer oder was?«, fragte ich zurück. »Na ja, mehr als das, was hier so als Gerücht durch die Flure geistert«, sagte er. »Alles, was ich weiß, ist folgendes – es gab gestern abend ein Geschäftsessen mit Leuten von Fina-Plan, ich war dabei, alles war völlig normal, gegen halb eins sind wir auseinander gegangen, und vorhin habe ich erfahren, dass Nollmann tot ist. Das Rundschreiben hat ja auch nicht mehr verraten.« – »Bisschen wenig, oder?« Bernhardt klang genervt und enttäuscht. »Das Top-Gerücht ist, dass es Selbstmord war. Die Putzfrau soll ihn tot aufgefunden haben, angezogen, im Wohnzimmer.« – »Also wenigstens keine Barschel-Nummer«, warf ich ein, aber das konnte Bernhardt weder zum Lachen bringen noch gnädiger stimmen. »Und nun?«, knurrte er. »Was ist mit unserem Projekt?« – »Stoppen«, antwortete ich, »sofort und bis auf weiteres stoppen!« Er legte auf – hätte sein Gerät noch eine Gabel gehabt, hätte er den Hörer sicherlich draufgeknallt.

Ich verschob das Rundschreiben in den Ordner »Vorstand« und wollte mich nun auftragsgemäß mit ganzer Energie dem Tagesgeschäft zuwenden, da klingelte mein Telefon erneut.

Der Nummer im Display mit den drei Nullen am Ende konnte ich sofort entnehmen, woher der Anruf kam – es war das Chefsekretariat. »Guten Tag, Herr Dr. Rieger. Bitte kommen Sie hoch,

Direktor Lohnert möchte Sie sprechen!« Ich zuckte unwillkürlich zusammen – nicht wegen des geschäftsmäßigen Kommandotons, der war normal bei Hertha Gabler, der Chefsekretärin. Aber warum wollte mich Lohnert sprechen, der doch wahrlich wichtigere Dinge zu bedenken und zu erledigen hatte als Fragen der Leistungsprüfung?

Ich griff mir einen Stift und einen Notizblock und hastete die Stufen in die oberste, die sechste Etage hoch. Auf mein Klopfen erscholl von drinnen das energische »Ja, bitte!«, und als ich eingetreten war und die Tür behutsam hinter mir geschlossen hatte, erhielt ich die Anweisung, zu warten, bis Herr Direktor Lohnert mich zu sich bitten würde.

Hertha Gabler hatte den Spitznamen »Die drei D«, der sich daraus ableitete, dass sie jedem, der es hören wollte oder auch nicht, auf die Nase band, dass für sie und ihre Arbeit drei unverrückbare Maximen – eben die drei »D« – galten: Disziplin, Diskretion und Distanz. Als Mathematiker erlaubte ich mir die Freiheit, sie »D hoch 3« zu nennen, was auch jeder sofort verstand. Eigentlich gab es sogar ein viertes »D« wie Dienen, denn sie diente dem jeweiligen Vorstandsvorsitzenden mit größtem Einsatz, höchster Loyalität und eisernem Fleiß. Sie musste sicherlich jeden Morgen einen Riesenaufwand betreiben, um ihre wie zementiert wirkende Frisur (die ihr – trotz der dunklen Haarfarbe – zu dem weiteren Spitznamen »Königin Beatrix« verholfen hatte) makellos herzurichten, und war trotzdem immer die erste im ganzen Vorstandsbereich. Der Vorgänger von Lohnert als Vorstandsvorsitzender hatte noch über einen Butler verfügt, und die dienstälteren Kollegen wussten davon zu berichten, dass es seinerzeit einen mit großer Verbissenheit ausgetragenen, im übrigen aber völlig stummen und unerklärten Wettstreit zwischen Königin Beatrix und dem Butler gegeben hatte, bei dem es darauf ankam, ob der Butler bereits ein Tablett mit Wasser auf dem Schreibtisch des Chefs platziert hatte, bevor sie dazu kam, in der Küche anzurufen und ihn wissen zu lassen, zu welcher Uhrzeit der Herr Direktor seinen Morgenkaffee wünschte.

Irgendwann hatte der Butler eine wesentlich jüngere Frau geehelicht, die ihn immer in aller Herrgottsfrühe in die Firma chauffierte, so dass er nicht mehr auf öffentliche Verkehrsmittel angewiesen war und als regelmäßiger Sieger aus dem Zweikampf hervorging.

Frau Gabler war offenbar damit beschäftigt, die persönlichen Briefe, mit denen die Geschäftspartner über das Ableben von Nollmann informiert werden sollten, vorzubereiten. Aber auch bei anderen Gelegenheiten durfte man nicht erwarten, dass sie einen ansprechen oder einem gar erzählen würde, was ihn im Zimmer des Chefs erwartete. Distanz und Diskretion wurden gnadenlos exerziert. Es drang auch nie ein Laut durch die dicken Wände und die gepolsterte Tür zwischen Sekretariat und Chefzimmer, so dass man weder hören konnte, was nebenan gesprochen wurde, noch dem Tonfall und der Lautstärke bei einem Telefonat etwas über die Stimmung des Herrn Direktors zu entnehmen war.

Mir ging natürlich ohne Unterlass der Gedanke durch den Kopf, was Lohnert von mir wollte. Ging es um Nollmann und die durch seinen plötzlichen Tod entstandene Situation, oder ging es um mich? Stand das mehr als merkwürdige Verhalten von Nollmann am Tag vor seinem Tod im Zusammenhang mit Lohnerts Wunsch, mich zu sprechen? Würde ich dem Gespräch überhaupt entnehmen können, worum es eigentlich ging?

Die Arbeit von Hertha Gabler wurde mehrfach durch Telefonanrufe unterbrochen, bei denen sie kurz und geschäftsmäßig antwortete, wobei schon ihr Tonfall dem Anrufer verdeutlichen sollte, dass er störte und sie von Wichtigerem abhielt. Nach knapp zehn Minuten klingelte es erneut – das war die Mitteilung von nebenan, dass ich erscheinen möge. Lohnert thronte hinter dem riesigen Schreibtisch, der früher der seine gewesen war, vor diesem saß Wagner. Ich wurde von beiden per Handschlag begrüßt, und Lohnert kam ohne Umschweife und ohne mir einen Stuhl anzubieten zur Sache. »Herr Nollmann hatte diverse Versicherungen bei uns im Hause laufen. Herr Wagner hat einen Ausdruck des Kundenblattes Nollmann erstellt, das aber möglicherweise veraltet oder unvollständig ist.« Er zeigte auf ein DIN A4-Blatt, das vor ihm lag. »Nebenbei, das Ding ist auch nicht sonderlich leserfreundlich, das sollte schleunigst geändert werden. Fertigen Sie bitte eine Aufstellung sämtlicher Versicherungen an, die Herr Nollmann bei uns abgeschlossen hat – also auch abgelaufene oder gekündigte, soweit das noch erfasst ist. Mit möglichst allen versicherungstechnischen Details. Geht das bis morgen?« Ich bejahte, wohl wissend, dass »morgen« eigentlich heute abend bedeutete, und Lohnert fügte noch hinzu: «Sie haben natürlich sämtliche dazu erforderlichen Vollmachten, Lese- und Druckgenehmigungen. Berufen Sie sich nötigenfalls auf den von mir erteilten Auftrag.« Das war's. Ich kannte die vorstandsüblichen Formen des Umgangs mit den Mitarbeitern gut genug, um zu wissen, dass ich nun zu gehen und mich schleunigst an die Arbeit zu machen hatte, sagte brav »Auf Wiedersehen« und verließ den riesigen, opulent ausgestatteten Raum »im Schweinsgalopp«, wie Kroll es genannt hätte und wie es von mir erwartet wurde.

Auf dem Weg zurück in mein Büro gingen mir die widersprüchlichsten Gedanken durch den Kopf. Und ich wurde nur kurz auf den Boden der Normalität zurückgeholt, als ich das neue Rundschreiben, das gerade eingegangen war, las. Es stammte vom Betriebsrat und ließ »die lieben Kolleginnen und Kollegen« wissen, dass wegen des »Trauerfalls Nollmann« das für den kommenden Samstag angesetzte Fußballspiel der beiden Betriebsmannschaften abgesagt worden war. Die Mitteilung war zwar von »gez. Klaus Sommer, Vorsitzender des Betriebsrats« unterzeichnet, aber formuliert worden war sie mit Sicherheit von seiner Mitarbeiterin Sabine Hartwig. Diese hatte mir mal sehr nahe gestanden, und ich litt immer noch darunter, dass unsere Beziehung in die Brüche gegangen war – und fast noch mehr unter dem geradezu lächerlichen akuten Anlass für ihr Scheitern: Schuld daran waren nämlich, bei Licht besehen, Robbie Williams und John Lennon, auch wenn es vorher aus weniger musikalischen Gründen schon einige Male heftig gekriselt hatte. Sabine und einige ihrer Freundinnen hatten sich Karten für ein Williams-Konzert besorgt, wovon ich nichts wusste, vermutlich auch nicht wissen sollte. Ich erfuhr es im Nachhinein aber doch und machte ihr Vorhaltungen, die in der Aussage gipfelten, dass ich lieber einen ganzen Tag ununterbrochen »Revolution N° 9« vom »White Album« der Beatles anhören würde als auch nur eine Silbe, eine Note von diesem Kotzbrocken Williams ertragen und dafür auch noch Geld hinblättern zu müssen – das war das Ende. Im Unternehmen gingen wir uns aus dem Weg, und ich wusste nicht einmal, ob sie mir etwas nachtrug oder traurig darüber war, dass eine solche Lappalie uns auseinandergebracht hatte. Manchmal hatte ich das Gefühl, dass ihr Chef Sommer seit dieser unseligen Geschichte nicht gut auf mich zu sprechen war. Wenn er wieder einmal den Leitenden Angestellten des Unternehmens ihren Status absprechen und diese unter die Kuratel des Betriebsrates stellen wollte, zog er regelmäßig mich als Schwarzes Schaf aus der Schublade – »Herr Dr. Rieger, der ja bekanntlich keinerlei Personalverantwortung hat...«

5

Um Aufschub- und Bedenkzeit zu gewinnen, holte ich mir zunächst einen Kaffee aus der Teeküche. Dort traf ich auf die für mich und meine Abteilung zuständige Sekretärin – oder, genauer, Assistentin, wie wir seit kurzem sagen mussten. Wir waren zwar ein Unternehmen, dass auf keinen Fall international und, realistisch betrachtet, im Kern nicht einmal national, sondern eher regional ausgerichtet war, aber die amerikanischen Managementmethoden hatten, getrieben durch externe Berater, die alle Naslang angeheuert wurden, auch bei uns Einzug gehalten. So wurde dann ein Projekt nach dem anderen aufgesetzt, aber die Ergebnisse dieser aufwendigen Veranstaltungen waren eher bescheiden – ein paar kleine Umstrukturierungen hier, ein bisschen Outsourcing dort (am einschneidendsten im Kantinenbereich, wo das angestammte Personal nun zu reduzierten Tarifen für einen Caterer arbeitete, der die Bewirtung übernommen hatte) und vor allem: Umbenennungen. Die Abteilungsnamen wurden durch kryptische, aber EDV-konforme Kürzel ersetzt, die Vorstände mutierten zu CEO's, CFO's etc. und die Sekretärinnen eben zu Assistentinnen. Vor einigen Monaten war ein Beratungsunternehmen auf die abenteuerliche Idee gekommen, für den organisatorischen Aufbau des Unternehmens eine Matrix-Struktur zu empfehlen – dieser Projektansatz wurde aber sofort fallengelassen, als die Vorstände merkten, dass sie auf diese Weise viele ihrer Machtbefugnisse mit ihren Kollegen teilen mussten und einen Teil ihrer Autonomie verlieren würden.

Wagner kam aus dieser Geschichte mit ein paar Schrammen heraus. Er hatte ein Faible für alles, was an vermeintlicher Managementkultur aus dem Angelsächsischen herüberschwappte, und griff möglichst jedes Modewort sofort auf. So gehörte eine Zeitlang auch die Einführung des »Casual Friday« zu seinen Lieblingsanliegen, obwohl der ganz überwiegende Teil der Belegschaft ohnehin fast jeden Tag leger gekleidet zur Arbeit erschien. Und so hatte er auch schon frühzeitig eine Matrixorganisation als Nonplusultra des modernen Managements propagiert, was vielen Mitarbeitern noch erinnerlich war, als das Projekt genauso schnell von der Tagesordnung verschwand, wie die Berater es zuvor aus dem Hut gezaubert hatten.

Die einzig nennenswerte Neuerung, die die Berater durchgesetzt hatten, war das »papierlose Büro« – in einem riesigen, monatelangen Kraftakt wurden alle vorhandenen Akten und Dokumente eingescannt und waren nach dem Abschluss dieser Prozedur uneingeschränkt am Bildschirm führbar und verwaltbar. Aber hierbei fungierten die Berater eher als Katalysatoren – der EDV-Vorstand Kurt Arnold, wegen seiner Vorliebe für Großrechner-Architekturen auch »Mainframe« genannt, war mit dieser Idee schon mehrfach hausieren gegangen, aber die retardierenden Momente im Vorstand und in seinem eigenen Geschäftsbereich hatten ihn stets gebremst. Die Gretchenfrage, die ihm in solchen Fällen immer gestellt wurde, war »Welche anderen Projekte müssen dann zurückpriorisiert werden?«, und die Antwort darauf war dann zugleich der K.O. für die papierlose Akte. Dank der Berater kamen »Mainframe« und seine papierlose Akte aber schließlich doch noch zum Zuge, und ich hoffte, dass die Erfüllung des mir gerade erteilten Auftrages auch davon profitieren würde. Ein sehr bescheidener Triumph der Berater bestand dann immerhin auch noch darin, dass ihr Terminus IT – für Informationstechnologie – zum »buzz word«, wie sie es genannt hätten, aufstieg: Wer »in« sein wollte, ersetzte in seinem Sprachgebrauch das herkömmliche »EDV« ab sofort durch das englisch ausgesprochene IT in dem stolzen Bewusstsein, damit nun auch in Silicon Valley verstanden zu werden.

Die Assistentin Birgit Schumacher hatte sich gerade ein Bircher-Muesli angerührt und nahm mein Erscheinen in der Küche offenbar zum Anlass, dieses sogleich vor Ort zu konsumieren und dabei einen Erfahrungsaustausch zum Thema Nollmann durchzuführen. Mit der Frage »Na, Jürgen, was gibt es Neues?« eröffnete sie, wenig originell, den Dialog. »Ich weiß nix – Du?«, gab ich zurück – sollte sie doch erstmal mit ihrem Wissen herausrücken. Sie nahm sich ein wenig Zeit für die Antwort, indem sie zunächst sehr konzentriert in ihrem Brei herumrührte und dann einen vollen Löffel sehr langsam zum Mund führte. »Nichts Genaues weiß man nicht. Aber die Polizei ermittelt – offenbar sehr intensiv. Seine Frau scheint auch nun auch da zu sein.« – »Was heißt das, ›da zu sein‹? Wo war die denn?« – »Na, in der Ehe soll es doch mächtig gekriselt haben. Das weißt Du nicht? Du hast doch mehr mit ihm zu tun als ich!« Ich war wirklich überrascht. »Aber ich bin doch weder sein Bodyguard noch sein Eheberater! Ich hab die Nollmann allerdings schon seit Ewigkeiten nicht mehr gesehen.« – »Siehste!«, antwortete sie triumphierend. Und schien sich nun an eine Verpflichtung zu erinnern, denn sie verließ, ohne ein weiteres Wort zu sagen, mit schnellen Schritten die Küche.

Zurück an meinem Schreibtisch begann ich, in verschiedenen Abteilungen herumzutelefonieren, um nach den Versicherungsverträgen von Nollmann zu fahnden. Abgesehen von Erkundigungen nach dem Grund meiner Recherche, die ich jeweils kurz und zutreffend mit dem Auftrag von Lohnert beantwortete, gab es keinerlei Fragen oder gar Probleme. Meine Kollegen stellten in Aussicht, dass ich die betreffenden Dokumente innerhalb von einer Stunde – oder sofort – erhalten würde oder nannten mir sogar die Laufwerke und die Pfade, die mich zur elektronischen Akte führen würden. Ich hatte die Hoffnung, dass ich spätestens am frühen Nachmittag alle Unterlagen beisammen haben würde.

Dann kam ein überraschender Anruf von Kroll. »Alfredo, was machst Du denn da?«, fiel er gleich auf die übliche burschikose

Art mit der Tür ins Haus. »Meinen Sie meine Anrufe wegen der Verträge von Herrn Nollmann?«, fragte ich zurück. »Ja klar – ich hab den Eindruck, Du lässt gerade mal alle für Dich arbeiten, wozu denn?« Der alte Fuchs hatte natürlich von seinen Leuten nicht nur meine Aktivitäten, sondern auch deren Begründung gesteckt bekommen und versuchte nun, sich dumm zu stellen, um mich zum Plaudern zu bewegen und dabei möglicherweise mehr zu erfahren, als wenn er zielgerichtet gefragt hätte. Ich fühlte mich sicher genug, nicht einmal so zu tun, als würde ich ihm auf den Leim gehen, und nannte ihm knapp und korrekt den Auftrag von Lohnert. Kroll steigerte seinen leutseligen Tonfall sogar noch und fragte: »Na, und was hast Du 'rausgefunden? Eine Lebensversicherung über 10 Millionen, vor ein paar Wochen abgeschlossen, Einlösungsbeitrag gestern pünktlich überwiesen?« Einige Sekundenbruchteile stach mich der Hafer, und ich war nahe dran, ihm zu antworten, dass das im Falle eines Selbstmordes auch nicht helfen würde. Aber dann beherrschte ich mich und gab zur Antwort, dass ich noch keine Rückmeldungen zu den Nollmannschen Vertragsangelegenheiten erhalten hätte. Damit gab Kroll sich zufrieden, raunzte kurz »Na dann viel Spaß!« und hatte aufgelegt, bevor ich noch etwas sagen konnte.

Meine Überlegung, ob ich nun zum Mittagessen in die Kantine gehen sollte, wurde durch ein Klopfen an der Tür gestört und hatte sich dann auch erledigt. Auf mein »Ja, bitte!« betrat Dieter Domrich mein Zimmer. Er hatte eine mit mehreren Blättern bestückte Klarsichtfolie in der einen Hand und eine Coladose in der anderen. »Hier sind die Sachversicherungen von Nollmann – Kfz, Hausrat etc.«, sagte er und legte die Druckstücke auf meinen Schreibtisch. »Der Mann hat tatsächlich eine Hausratversicherung über eine Million abgeschlossen. Na ja, er soll ja eine Menge teure Schinken an den Wänden hängen haben.« – »Oh, prima, Ihr seid ja unglaublich schnell!«, lobte ich ihn und fügte hinzu: »Vielen Dank – aber ich hätte die Unterlagen gern auch elektronisch, nicht nur als Ausdruck!« Domrich zeigte auf das oberste Blatt seiner Sammlung: »Da steht alles, was Du dazu brauchst! Und Du müsstest Zugriff auf alle in Frage kommenden Laufwerke haben. Nollmanns älteste Versicherung ist schon seit über zwanzig Jahren im Bestand. Er ist immer selber der Versicherungsnehmer und Beitragszahler, auch bei dem Wagen seiner Frau. Die fährt übrigens neuerdings so ein Special Utility…, so ein dickes Suff-Auto.« Er teilte meine Vorbehalte gegen die dicken Benzinschlucker, die seit einiger Zeit en vogue waren.

»Und – gibt es was Neues zum Todes- und Trauerfall?«, fuhr er fort. »Damit kann ich leider nicht dienen, Dieter«, antwortete ich wahrheitsgemäß. »Aber da ist ein Punkt – dazu würde ich gern Deine Meinung hören, unter der Voraussetzung, dass das unter uns bleibt.« – »Klar«, kam seine unverzügliche Zusicherung, und ich hatte keinen Grund, ihm zu misstrauen. »Also – vorgestern so gegen elf hab ich mein Zimmer für etwa zehn Minuten verlassen. Ich war in der Teeküche und, während das Wasser kochte, auch kurz bei den Kopierern, um Papier nachzulegen. Madame Schumacher ist sich für solche niederen Tätigkeiten zu schade, seitdem sie ein paar Mal die Gabler im Chefsekretariat vertreten hat. Und als ich mit dem üblichen Repertoire an Heißgetränken in mein Zimmer zurückkam, stand da Nollmann und machte sich offenbar an meinem Rechner zu schaffen.« Dieter Domrich ist nicht der Hellste, und daher dauerte es einen Moment, bis er reagierte. Seiner Miene war anzumerken, dass ihn diese Schilderung genauso überraschte, wie der Vorgang selber mich zwei Tage zuvor überrascht hatte.

»Das gibt's doch nicht!«, war das erste, was er herausbrachte. »Doch«, sagte ich, »Nollmann hat offenbar kurz vor seinem Tod seine Leidenschaft für fremde Computer entdeckt«, und beschrieb dann den weiteren Verlauf des ominösen Geschehens. »Kannst Du Dir vorstellen, was er gesucht hat? Was für ihn so brennend interessant und über alle Maßen wichtig war, dass er sich zu so etwas hinreißen ließ?« Domrichs Gesichtsausdruck verriet ein erhebliches Ausmaß von Fassungslosigkeit und Verblüffung. Er brachte kein Wort heraus. Aber ich ließ mich dazu hinreißen, ihm zu verraten, was mir seit diesem Vorfall und erst recht seit der Nachricht von Nollmanns plötzlichem Ableben auf der Seele lag. »Es könnte einen Grund geben. Ich habe ein paar kritische Vorgänge untersucht, in die Nollmann möglicherweise verwickelt gewesen ist. Aber das hat sich jetzt ja erledigt.« Mein Kollege setzte zu einer Frage an, aber ich unterbrach ihn und ließ ihn wissen, dass ich mich nun weiter um die Erledigung der mir von Lohnert gestellten Aufgabe kümmern müsse und wir das Gespräch ja bei nächster Gelegenheit fortsetzen könnten. Vielleicht würden wir bis dahin auch ein wenig schlauer sein.

6

In meiner Mailbox fand ich keinerlei Eingänge zu Nollmanns Verträgen vor. Stattdessen gab es die Ankündigung, dass um 15 Uhr eine Besprechung aller Vorstände und Leitenden sowie eines Vertreters des Betriebsrates im Großen Sitzungssaal stattfinden würde, also in einer guten Stunde. Ich nutzte die Zeit, um die Unterlagen, die ich gerade von Dieter Domrich erhalten hatte, durchzusehen, wobei mir nichts auffällig vorkam, und um ein paar Kleinigkeiten zu erledigen.

Kurz vor Beginn der Besprechung fuhr ich meinen Computer herunter und verließ mein Büro, wobei ich, was nicht die Regel war, die Tür verschloss. Wenn sogar Nollmann in mein Büro eingedrungen war, musste ich dies möglicherweise auch anderen zutrauen, sagte ich mir.

Der Kreis der Eingeladenen war offensichtlich fast vollständig erschienen, und pünktlich um 15 Uhr trat Lohnert an das Pult. Sein Gesicht war leicht gerötet, und er musste sich mehrfach räuspern, bevor er zu sprechen begann. Zunächst wiederholte er im Wesentlichen die Ausführungen aus seinem Rundschreiben und forderte die Anwesenden auf, sich zu Ehren des Verstorbenen für eine Schweigeminute von ihren Sitzen zu erheben.

Danach nannte er den akuten Grund für diese Zusammenkunft. Der Tod von Nollmann würde polizeilich untersucht, und es sei davon auszugehen, dass Kriminalbeamte ins Haus kommen würden, um einzelne Personen zu befragen. »Ich gehe davon aus«, fuhr er fort, »dass die Beamten zunächst mit den Vorständen sprechen werden. Aus diesem Gespräch oder diesen Gesprächen wird sicherlich, oder sagen wir: hoffentlich hervorgehen, ob auch noch mit anderen

Mitarbeitern gesprochen werden soll, gegebenenfalls mit wem und auch warum. Wir werden die Polizisten bitten, die Gesprächstermine, soweit sie tatsächlich gewünscht sind, über das Chefsekretariat zu koordinieren. Auch wenn es sich nicht um Verhöre handeln wird, möchten wir erreichen, dass bei diesen Gesprächen jeweils ein Vertreter der Rechtsabteilung anwesend ist. Auf diese Weise stellen wir auch sicher, dass wir einen Überblick über die gestellten Fragen und die dazu erteilten Auskünfte erhalten. Alles Weitere müssen wir zunächst von dem Verlauf der Untersuchungen der Polizei abhängig machen. Es versteht sich von selbst, dass wir alle Fragen wahrheitsgemäß zu beantworten haben, aber natürlich auch in der Pflicht sind, Schaden von unserem Unternehmen abzuwenden.«

Damit wollte er offensichtlich seine Ausführungen beenden und die Versammlung auflösen, aber die im Saal entstehende Unruhe veranlasste ihn zu fragen, ob es noch Informationsbedarf gäbe. Das daraufhin noch weiter anschwellende Stimmengewirr wurde von der einen besonders naheliegenden Frage übertönt, nämlich ob es etwas Neues zum Tode von Direktor Nollmann gäbe. Lohnert wartete einen Moment, bis wieder ein wenig Ruhe eingekehrt war, und antwortete dann ziemlich unwirsch, dass ihm bis auf die Tatsache, dass Herr Nollmann in der Nacht von gestern auf heute verstorben sei, zu diesem tragischen Vorgang nichts bekannt sei und dass er auch jeden davor warne, Diskussionen darüber anzuheizen oder Spekulationen dazu anzustellen. Er jedenfalls habe dem Gesagten nichts, aber auch gar nichts hinzuzufügen und erklärte damit die Versammlung für beendet.

Ich begab mich sofort auf den Rückweg zu meinem Zimmer. Auf dem Flur vor dem Versammlungsraum stand Sabine Hartwig in einem schicken ärmellosen Kleid mit einem Ordner in der Hand und wartete vermutlich auf Sommer, ihren Chef. Auf ihrer rechten Schulter entdeckte ich ein kleines Tattoo – ein Herz. Nun ja – viele kleine Stiche für sie, ein mittelschwerer Schlag in die Magengrube für mich, versuchte ich mich zu trösten. Ich ging grußlos an ihr vorbei. Dies war definitiv nicht mein Tag.

Zurück am Schreibtisch stellte ich fest, dass es mehrere Anrufversuche gegeben hatte – ich hätte mein Telefon vielleicht doch auf Birgit Schumacher umstellen sollen. Zwei Personen hatten von außerhalb angerufen, beide Nummern waren mir nicht unbekannt, aber ich konnte sie nicht zuordnen. Ich gab mir einen Ruck und entschied mich, in beiden Fällen zurückzurufen. Der erste Rückruf führte mich zu Hermann Reuter, einem alten Haudegen aus dem Vertrieb. Reuter genoss bei der Firmenleitung höchstes Ansehen und hatte in seiner jahrzehntelangen Außendiensttätigkeit wohl alle Auszeichnungen gewonnen, die das Unternehmen an erfolgreiche Verkäufer vergeben konnte. Er hatte zwar die Pensionsgrenze längst überschritten, war aber so erfolgreich, dass er weiterhin eine eigene Agentur führte.

Sein kleiner, aber feiner Kundenkreis bestand überwiegend aus sehr vermögenden Personen, die er ganz offensichtlich mit Geschick und Erfolg dazu veranlassen konnte, einen Teil ihres Kapitals in hochsummige Lebensversicherungsverträge zu stecken. Sein Verhandlungsgeschick und seine Überredungskunst waren legendär. Wollte man Reuters diesbezügliche Fähigkeiten einem Dritten beschreiben, benutzte man gern die folgende Anekdote: »Reuter geht in Istanbul in den Großen Basar. Was passiert? Nach wenigen Minuten kommen die Händler jammernd aus dem Basar gelaufen – Reuter hat sie alle über den Tisch gezogen.«

Auch sein ausgeprägter Geiz war geradezu sprichwörtlich. In dieser Hinsicht war er allerdings nur Vizemeister im Unternehmen. Es gab einen früheren Chefmathematiker, von dem man erzählte, er würde bei Abteilungsausflügen in Gaststätten jüngere Kollegen mit der Frage konfrontieren, ob sie sich mit ihm eine Limonade teilen würden.

Ein Gespräch mit Reuter war mir nicht unwillkommen. Er kannte das Unternehmen aus dem Effeff und machte gewöhnlich aus seinem Herzen keine Mördergrube – vielleicht konnte ich von ihm etwas Neues zum Tod von Nollmann erfahren. Ich kannte ihn recht gut von verschiedenen Außendienstveranstaltungen und Preisverleihungen und hatte mich immer gern mit ihm unterhalten. Er trank nur wenig Alkohol, und darum konnten Gespräche mit ihm auch zu später Stunde noch ergiebig und aufschlussreich sein.

Reuter meldete sich sofort, als hätte er die ganze Zeit mit dem Hörer in der Hand auf meinen Rückruf gewartet. »Na, was macht Ihr denn da für Sachen?«, begann er das Gespräch in seiner üblichen Leutseligkeit, um dann gleich zur Sache zu kommen. »Wissen Sie, Herr Dr. Rieger, es war mir schon lange klar – das konnte kein gutes Ende nehmen!« Ich hatte diese Eröffnung nicht erwartet und fragte mit ehrlichem Erstaunen zurück: »Aber wieso denn, Herr Reuter? Ich bin nun wirklich kein Nollmann-Fan und habe oft genug unter ihm gelitten. Aber ich hatte nie den Eindruck, dass…«, hier zögerte ich einen Moment, um kein falsches Wort zu wählen, »dass…«, und schon fiel Reuter mir ins Wort: »Dass er mal so enden würde, wollten Sie sagen? Und schon so früh?« – »Ja, genau«, bestätigte ich seine Worte und fügte dann noch hinzu: »Und wir wissen ja noch nicht einmal, ob es ein natürlicher Tod war oder nicht!« Reuter schien diesbezüglich keinerlei Zweifel zu haben. »Das war Selbstmord, sage ich Ihnen. Klassischer Selbstmord!« Mir war nicht ganz klar, was für ihn ein »klassischer« Selbstmord war, und fragte zurück: »Und das Motiv? Nollmann war, wie man so sagt, ein angesehener Bürger, beruflich sehr erfolgreich, in der Branche bekannt und nach meinem Eindruck auch beliebt. Warum soll so ein Mann sich umbringen?« Reuter antwortete sofort: »Na, wenn es nicht im Geschäftlichen liegt, dann liegt es im Privaten! Die Ehe bestand nur noch auf dem Papier und war doch auch von Anfang an eine Scheinehe! Der Mann war doch stockschwul!«

Ich war völlig perplex und hatte diese fast eifernd vorgetragene Behauptung noch gar nicht verarbeitet, da legte Reuter schon nach: »Ich kenne das doch von meinen Kunden! Da gibt es jede Menge Ehen, die nur zum Schein geschlossen und nie vollzogen wurden! Da werden Verrenkungen gemacht, da wird geheuchelt und gelogen – das glauben Sie nicht!«

Ich war gern bereit, ihm alles Mögliche zu glauben, was er über seine Klientel zu erzählen wusste, aber dass Nollmann homosexuell gewesen sein sollte, hielt ich für extrem unwahrscheinlich. Noch nie war so etwas mir gegenüber auch nur andeutungsweise erwähnt worden, und erst recht war ich noch nie von mir aus auf diese Idee gekommen.

Ich versuchte, dass Gespräch mit Reuter zu einem raschen und entspannten Ende zu bringen und sagte »OK, Herr Reuter, wir werden diese Information in unsere Ermittlungsakte aufnehmen – mal sehen, ob sie einer Überprüfung standhält. Wir beide bleiben in Kontakt!« –

»Ja, und drücken Sie die Daumen, dass ein Nachfolger bestellt wird, der etwas vom Geschäft versteht und vor allem ein Herz für den Außendienst hat! Adieu!«

Ich war platt. Nollmann homosexuell?

Die völlig überraschende Erkenntnis aus diesem Telefonat war ein guter Grund, mich auch auf den zweiten externen Anruf zu melden. Vielleicht hatte auch dieser Anrufer eine sensationelle Enthüllung parat. Ich wählte die Nummer und musste mir zunächst viel zu viele Takte einer völlig uninspirierten Instrumentalversion von »We Are The Champions« anhören, bis eine mir wohlbekannte Stimme, die an die jugendlichen Helden des Ohnsorg-Theaters erinnerte, erscholl: »Harald Romeike hier.« Die Presse hatte also auch schon Witterung aufgenommen. »Jürgen Rieger«, meldete ich mich und fügte hinzu: »Na, alter Zeilenschinder, haben die Pressbengels Lunte gerochen?« – »Was heißt hier ›Lunte gerochen‹? Ich hab vorhin ein FAX von Euch bekommen – Nollmann ist also verblichen. Friede seiner Asche!«

Noch eine Überraschung – es war bisher nicht gesagt worden, dass schon eine Pressemitteilung hinausgehen sollte. »Komisch«, sagte ich. »Von einer Mitteilung an die Presse war hier noch nicht die Rede! Und was steht drin – außer der Mitteilung, dass er verstorben ist?« – »So gut wie nichts. Darum hab ich Dich ja angerufen, Jürgen. Was kannst Du mir sagen?« – »Dito – so gut wie nichts, Harald. Wir hier wissen auch nur von seinem Tod, aber nichts über die Ursache, die Hintergründe, nicht einmal, ob es ein natürlicher Tod war. Werdet Ihr denn etwas bringen?« – »Na ja, er zählte ja zu den Honoratioren hier. LIONS-Club, Golf-Club, Industrie- und Handelskammer etcetera pp. Da muss was kommen, vermutlich sogar vom Chefredakteur persönlich, obwohl die beiden einander nie so richtig grün waren. Ducke ist eben Rotarier, aber er wird schon was Nettes zusammenfabulieren. Über Tote soll man ja nur Gutes reden.«

Da kam er wieder mit Macht in mir durch, der Logik-Spießer und verhinderte Oberstudienrat: »Mein lieber Harald, darf ich Dich Neusprachler und Reform-Abiturienten aufklären? Der klassische Satz stammt von Chilon von Sparta, und wir kennen ihn in der Version ›De mortuis nihil nisi bene‹ – übersetzt: ›im Guten reden‹! Das ist etwas völlig anderes, wie Du als Mann des Wortes und der Feder hoffentlich sofort erkennst!« Romeike konterte sofort: »Dein Verhältnis zu Nollmann war ja so kaputt, dass Du nicht mal diese Vorschrift erfüllen könntest! Hast Du ihn vielleicht umgebracht?« – »Manchmal war ich nahe dran. Aber ganz im Ernst – ich möchte Dich gern etwas fragen, brauche aber Deine glaubwürdige Zusicherung, dass Du mit niemanden, ich wiederhole: mit niemandem darüber sprichst, dass ich Dich das gefragt habe, alte Plaudertasche.« Romeike zögerte keine Minute, das erbetene Versprechen zu geben. Ich glaubte ihm, wusste allerdings auch, dass er nach dieser Einführung unbedingt in Erfahrung bringen wollte, welche Frage zu Nollmann so heikel war, dass ich sie mit der dringenden Bitte um hundertprozentige Diskretion verband.

»Weißt Du, ob Nollmann schwul war? Mich hat vorhin einer vom Außendienst angerufen, der dies steif und fest behauptet hat.« Romeike antwortete nicht sofort, aber dann um so bestimmter: »Tut mir leid, Jürgen, aber damit kann ich nicht dienen. Ich weiß weder etwas über irgendwelche Weibergeschichten noch über Männerfreundschaften. Was natürlich überhaupt nicht ausschließt, dass es da was gab. Und im Übrigen: Ich habe mein Abitur am renommierten Johanneum in Hamburg-Winterhude abgelegt!« Wir beendeten das Telefonat. Es gab also nichts Neues aus der Gerüchteküche.

7

Ich warf einen raschen Blick in meine Mailbox. Von zwei weiteren Abteilungen waren Informationen über die Versicherungsverträge von Nollmann gekommen. Aber mir brannte die Sache mit Jörg Bernhardt unter den Nägeln.

Er hatte mir den Tipp gegeben: »Nollmann kassiert Anteile an Provisionen bei Versicherungen mit hohen Summen«, hatte er mir vor ein paar Wochen gesteckt. »Und wie macht er das?«, hatte ich zurückgefragt. »Na ja, genau so, wie es gewisse Führungskräfte im Außendienst eben auch machen, vermutlich.« Den Vorständen und den Leitenden Mitarbeitern war es ebenso wie den Regional- und Filialdirektoren im Außendienst strikt untersagt, bei Vertragsabschlüssen, an denen sie beteiligt waren, irgendwelche Zuwendungen zu vereinnahmen, also auch keine sogenannten Superprovisionen oder Geschäftsbesorgungsgebühren. Die Außendienstler lösten dies Problem, indem sie Scheinagenturen einrichten ließen, z. B. auf den Mädchennamen ihrer Ehefrauen. Und gegen dieses strenge Verbot sollte ausgerechnet Nollmann verstoßen haben?

»Wie kommst Du darauf?«, fragte ich Bernhardt. Ich wusste ja, dass er Programme für die Vertriebssteuerung entwickelte. Dazu gehörten auch die – mit den unvermeidlichen SAP-Modulen gekoppelten – Systeme, die die Außendienstvergütungen steuerten – Provisionen aller Art, Courtagen, Pflegegelder, dazu noch ein unüberschaubarer Wildwuchs anderer Zuwendungen, der sich im Laufe von goldenen Jahrzehnten, als Controlling im Vertrieb entweder gänzlich unüblich oder als geschäftsschädigend verpönt war, wie in einem Schutzgebiet entwickelt hatte.

Jörg beherrschte diese Technik perfekt, aber im Unterschied zu mir kannte er viele der dadurch abgebildeten ökonomischen Prozesse nicht. Das war wohl der Grund dafür gewesen, dass er mir seinen Verdacht offenbart und mich aufgefordert hatte, diesem nachzugehen. Auf meine Frage nach dem Ursprung seiner Verdächtigung erklärte er, dass ihm bei einem Testlauf aufgefallen war, dass in relativ kurzer Zeit von einer einzelnen Agentur Verträge mit hohen Versicherungssummen und entsprechend hohen Provisionen vermittelt worden waren. Der Agenturname war verschlüsselt, aber Jörg hatte über eine Reihe von Verknüpfungen eine, wie er es nannte, hohe Korrelation mit Nollmann-Merkmalen festgestellt. Ich sollte versuchen, dies anhand der mir zugänglichen Datensätze zu bestätigen – aber natürlich ohne irgendjemanden in meine Untersuchung einzubeziehen.

Seither hatte ich verschiedene ergebnislose Anläufe unternommen, um Bernhardts Verdacht zu bestätigen oder zumindest zu erhärten – und dann hatte sich Nollmann kurz vor seinem Tod an meinem PC zu schaffen gemacht.

Ich begab mich in die rauchgeschwängerten Katakomben der EDV-Abteilung, wo ich Bernhard in seinem typischen Aggregatzustand antraf – im Mundwinkel eine Zigarette, neben sich einen schmuddeligen, halb gefüllten Kaffeebecher und mit einem Computerspiel befasst.

»Jörg, könnte es einen Zusammenhang zwischen unseren Recherchen und Nollmanns Tod geben?«, fragte ich mit einigem Nachdruck. Er blieb absolut gelassen. »Wodurch oder von wem sollte er etwas erfahren haben?«, fragte er zurück, und für einen Sekundenbruchteil schien sein Blick etwas Dämonisches auszustrahlen – so rasch, so kurz und unerwartet, dass dieser Eindruck sofort wieder verging. »Und was hat er dann wohl in meinem Zimmer gesucht? Es ist doch mit den Händen zu greifen, dass es irgendeinen Zusammenhang geben muss! Und weißt Du, was mich zusätzlich stutzig macht? Dass Lohnert ausgerechnet mich

beauftragt hat, eine Zusammenstellung sämtlicher aktiver und erloschener Versicherungsverträge von Nollmann zu erstellen!«
Jörg hatte offenbar nicht die geringste Lust, diesen Fragen nachzugehen. Mir schoss der Gedanke durch den Kopf, dass ich benutzt wurde oder dass mir etwas angehängt werden sollte, und ich fragte mich, wer wohl der Drahtzieher sein könnte – Lohnert, der inzwischen tote Nollmann oder vielleicht sogar Jörg Bernhardt?
Ich verabschiedete mich, verließ die Unterwelt der Informatiker und widmete mich, zurück an meinem Schreibtisch, der Aufgabe, eine Aufstellung der Nollmann-Verträge in übersichtlicher Form und mit allen technischen Details anzufertigen. Gegen 19 Uhr war ich fertig und schickte mein Werk als Attachment an Lohnert, Cc Frau Gabler. Abgesehen von der Tatsache, dass Nollmann über eine stattliche Anzahl von Verträgen mit zum Teil sehr hohen Versicherungssummen verfügte, war mir bei dieser Erledigung nichts Besonderes aufgefallen.

Am nächsten Morgen eilte ich gleich nach dem Aufwachen zur Wohnungstür – davor lag die Tageszeitung. Auf der Titelseite stand in einem Kasten die Meldung von Nollmanns Tod, und es wurde auf einen Nachruf auf Seite 4 verwiesen. Für diesen hatte Chefredakteur Herbert Ducke ganz tief in den Mustopf des Gefälligkeitsjournalismus gegriffen. Er beschrieb Nollmann als einen Manager mit unternehmerischem Weitblick, der sein Haus präge wie nur wenige vor ihm, einen Grandseigneur der alten Schule und einen Freund der schönen Künste, der bedeutende Beiträge zum kulturellen Leben der Stadt, ja, der Region geleistet habe. Als Chef sei er stets ein Vorbild gewesen und habe seine Mitarbeiter gefordert, aber stets auch gefördert, was ihm in der Belegschaft zu hohem Ansehen verholfen habe. Sein allzu früher Tod reiße eine schmerzliche, nicht zu schließende Lücke in seinem Unternehmen, ja, in der gesamten Branche, aber er hinterlasse ein wohlbestelltes Haus. Diese Eloge wurde geschmückt von einem uralten, schlecht reproduzierten Schwarzweißfoto des

Dahingeschiedenen, der sich aber in der Tat seit Jahren äußerlich kaum verändert hatte.

Mir fiel auf, dass seine Familie mit keinem Wort erwähnt wurde – ging Ducke davon aus, dass dort die entstandene Lücke nicht als schmerzhaft empfunden wurde? Die Zeitung enthielt noch keine Todesanzeigen. Deren Texter würden sich schwertun, die Duckesche Hagiographie noch zu übertreffen.

8

In der Firma waren offenbar die meisten Mitarbeiter wieder zur Tagesordnung übergegangen und machten business as usual. Die Kantinengespräche beim Mittagessen kreisten allerdings weiterhin um Nollmann – seinen Tod, dessen mögliche oder mutmaßliche Hintergründe und inzwischen natürlich auch um die Regelung seiner Nachfolge: Würden die anderen Vorstände seine Ressorts dauerhaft übernehmen oder, falls nicht, käme es zu einer internen oder einer externen Lösung? Einen geborenen Nachfolger hatte er jedenfalls nicht, schon gar nicht in seinem bisherigen Ressort. Wer konnte sich schon im Schatten und unter der Fuchtel eines solchen Egozentrikers für höhere Aufgaben qualifizieren?

Die meisten tippten auf Späth, falls ein interner Kandidat das Rennen machen sollte. Der war ein Abteilungsdirektor von Wagner, welcher dann wohl den Vorstandsvorsitz übernehmen würde. Späth galt als fachlich exzellent und extrem ehrgeizig. Für seine Wahl sprach, dass er vermutlich schon bald das Unternehmen verlassen würde, wenn man ihm nun diesen Karrieresprung verweigerte, dagegen allerdings sein angespanntes Verhältnis zum Betriebsrat und damit auch zu den Arbeitnehmervertretern im Aufsichtsrat.

Auch ich musste mich zunächst wieder dem Alltagsgeschäft zuwenden, denn auf meinem Schreibtisch lagen einige wichtige Leistungsfälle, bei denen ich ein Votum abzugeben hatte, bevor sie an unseren Rückversicherer weitergereicht werden konnten. Ich wurde in meiner Arbeit unterbrochen durch einen Anruf von Frau Schöning, Krolls Sekretärin. Sie sollte mich im Auftrag von

Kroll nach der von mir angefertigten Zusammenstellung der Versicherungen von Nollmann fragen.

»Die habe ich ans Chefsekretariat geschickt«, ließ ich sie wissen. Offenbar war das Werk bisher noch nicht an die Vorstände weitergeleitet worden, denn die Schöning bat mich im Auftrag von Kroll, ihr die Aufstellung auch zuzuschicken. Ich druckste ein wenig herum: »Ich weiß nicht – das war ja ein Auftrag von Herrn Lohnert. Der will die Unterlagen sicherlich selber an die Vorstandsmitglieder verteilen, möglicherweise, nachdem er sie gesichtet und mit Kommentaren versehen hat.« – »Vielleicht kommt er nicht dazu – er muss sich ja jetzt um tausend Dinge kümmern.« Und sie fügte hinzu, wohl um mich mit dieser Enthüllung ein wenig gnädig zu stimmen: »Nun ist ja auch noch die Polizei im Hause.« Aber so einfach wollte ich mir die Sonderbehandlung von Kroll nicht abkaufen lassen und fragte sie daher: »Und – wird es auch eine Befragung der Mitarbeiter geben? Oder sprechen die Detektive nur mit Lohnert und dem Vorstand?« – »Soweit ich gehört habe, gibt es zunächst nur ein Gespräch mit Lohnert, zu dem nach Bedarf die Vorstände hinzugezogen werden sollen«, antwortete sie. »Und – schicken sie mir die Unterlagen?« Ich willigte ein, und sie bedankte sich, sicherlich in dem Bewusstsein, dass sie sich hierfür bei passender Gelegenheit revanchieren musste.

Diese Gelegenheit ergab sich schneller, als wir beide wohl erwartet hatten. Weniger als eine Stunde später rief sie mich wieder an und sagte besonders leise: »Herr Kroll ist grad zurück von einer Besprechung mit den beiden Kripobeamten bei Herrn Lohnert. Die werden jetzt gleich zu Ihnen kommen, Herr Dr. Rieger!« Dann legte sie schnell auf, bevor ich noch etwas antworten konnte.

Es wäre weit untertrieben zu sagen, dass ich überrascht oder aufgeregt war – ich war förmlich entsetzt, panisch angesichts der Tatsache, dass ich offenbar einer der ersten war, den die Polizisten sprechen wollten. Wussten die etwa Bescheid über meine private Recherche gegen Nollmann und, falls ja, von wem? Und, falls ja, was schlossen sie daraus? Ich hatte keine Zeit, diesen Fragen weiter nachzugehen, denn es klopfte an meiner Tür, und Frau Gabler trat, ohne mein »Herein!« abzuwarten, in mein Büro, gefolgt von zwei Herren, die sich geradezu hinter ihr zur Tür hereinzwängten, als könnten sie es gar nicht erwarten, mich kennenzulernen, oder als wollten sie verhindern, dass ich irgendwelches belastende Material verschwinden lassen würde oder die Flucht ergreifen würde.

Beim Anblick der beiden vergaß ich beinahe den Schrecken, der mich gerade erst ereilt hatte. Es fiel mir schwer, ernst zu bleiben, so sehr drängte sich mir der Eindruck »Dick und Doof« auf. Frau Gabler stellte in ihrem gewohnten Kommandoton das Duo vor: »Herr Hauptkommissar Söhnlein«, sie neigte ihr Haupt in Richtung »Dick«, »und Kommissar Fritsche«, also »Doof«. »Die beiden Herren möchten Sie zu Herrn Nollmann befragen. Herr Direktor Lohnert ist informiert und einverstanden.« Aha, der tote Nollmann hatte also den Titel Direktor bei ihr schon verloren – sein unangemessenes Ableben musste eins der drei »D« kontaminiert haben.

Ich konnte die Gabler im Beisein der beiden Beamten schlecht fragen, ob das Lohnertsche Einverständnis wohl beinhaltete, dass die Befragung ohne die zugesagte Unterstützung durch einen Vertreter der Rechtsabteilung stattfinden könne. Andererseits war es mir ganz lieb, dass bei den möglicherweise heiklen Fragen kein Zuhörer und zugleich Aufpasser anwesend war, der anschließend Protokollnotizen für Lohnert und den Vorstand anfertigte.

»Guten Tag, Rieger!«, begrüßte ich die beiden ein wenig hilflos und bot ihnen die beiden Stühle an, die vor meinem Schreibtisch standen.

Während Königin Beatrix wortlos mein Zimmer verließ, nahmen die beiden Platz, musterten mich kurz und ließen ihre Blicke durch mein Zimmer schweifen, als erwarteten sie, aus dem kargen Interieur Rückschlüsse auf meine kriminelle Energie im allgemeinen und meine Schuld an Nollmanns Tod im besonderen ziehen zu können. An der Wand hinter mir hingen immerhin einige

Drucke von Johnny Friedlaender – plötzlich fiel mir ein, dass ich die nach einem Tipp von Nollmann gekauft hatte. Wussten sie das etwa? Machte mich das verdächtig?

Erstaunlich, auf welche absurden Gedanken man kommt, wenn man ein schlechtes Gewissen hat und zwei Kriminalpolizisten gegenüber sitzt.

Hierarchiegemäss eröffnete Söhnlein, dessen ausufernde Korpulenz in scharfem Kontrast zu seiner hohen Stimme stand, das Gespräch. Woran erinnerte mich diese Fistelstimme? Richtig, an Admiral von Schneider aus »Dinner For One«! Ich hatte keine Zeit, meine Gedanken weiter zu dem phantastischen Freddie Frinton schweifen zu lassen, denn Söhnlein kam ohne Umschweife zur Sache. »Sie haben vorgestern abend an einem Geschäftsessen teilgenommen, das Herr Nollmann ausgerichtet hat?« – »Ja, das ist richtig«, konnte ich gerade noch antworten, als der andere schon die nächste Frage hinterher schob: »Gab es einen besonderen Grund für Ihre Teilnahme? Sie gehören doch nicht zum Nollmann-Beritt, oder?« Wollte er durch die Schnelligkeit seines Einwurfes und den scharfen Ton, den er dabei anschlug, demonstrieren, dass er trotz seines tranigen Gesichtsausdruckes alles andere als doof war? »Nein«, antwortete ich und überlegte kurz, ob ich den Begriff »Beritt« aufgreifen oder mich lieber etwas respektvoller ausdrücken sollte, »ich gehöre zum Ressort von Herrn Direktor Wagner, aber ich habe sehr oft mit den Leuten von Fina-Plan, die unsere Gäste waren, zu tun.«

Söhnlein bohrte weiter: »War das ein sozusagen normales Geschäftsessen? Gab es einen besonderen Anlass dafür? Wie war die Atmosphäre zwischen Nollmann und den Gästen? Wurden kritische Punkte angesprochen? Hatten die Gespräche ein konkretes Ergebnis?« Verblüffenderweise fühlte ich mich von dieser Kanonade von Fragen keineswegs eingeschüchtert. Im Gegenteil, ich war drauf und dran, ihm zunächst mal zuzurufen, dass ich mir ein solch zielgerichtetes Verhör auch in den Fernsehkrimis wünsche würde, in denen die Kommissare stereotyp immer nur fragten, wo sich der Ehemann des Opfers am Vorabend zwischen 20 und 23 Uhr aufgehalten habe – als fürchteten sie, mit weitergehenden Fragen den Fall schon lange vor Ablauf der im Programm vorgesehenen 90 Minuten lösen zu können. Ich unterdrückte diese Bemerkung aber ebenso wie die Frage, ob ich ihnen vielleicht Papier und Bleistift zum Mitschreiben geben sollte, und versuchte, so sachlich wie möglich zu antworten. Ja, nach meiner Kenntnis sei dies ein normales Geschäftsessen gewesen, ohne besonderen Anlass, zur Pflege der Beziehungen zu Fina-Plan. Es habe weder kritische noch brisante Punkte gegeben, aber auch keine Absprachen oder Beschlüsse oder etwas Ähnliches. Die Stimmung sei während des ganzen Abends außerordentlich gut gewesen. Nun legte wieder Fritsche nach: »Hatte Nollmann Ihnen zuvor irgendwelche Hinweise zu den Schwerpunkten oder Zielen des Gespräches gegeben oder irgendwelche Maßregeln, was Sie von sich aus ansprechen sollten oder wie Sie auf gewisse Fragen antworten sollten?« Auch damit konnte ich nicht dienen. »Nein, überhaupt nicht. Die Aufforderung zur Teilnahme an dem Essen kam ein paar Tage vorher von seiner Sekretärin, Frau Gabler, und er hat mich am Tag davor nur noch einmal auf den Termin hingewiesen, als wir uns…«, ich zögerte einen Moment und fuhr dann fort »…zufällig trafen. Es wäre auch ungewöhnlich gewesen, wenn es z. B. eine Agenda gegeben hätte. Die hat man allenfalls für eine Besprechung, die einem Essen vorausgeht. Eine solche hat ja aber nicht stattgefunden.«

»Gut.« Söhnlein gab nicht zu erkennen, ob ihn meine Auskünfte zufriedenstellten oder nicht. »Und wie sind Sie dann auseinandergegangen?« – »Wir haben uns beim Hinausgehen voneinander verabschiedet, ganz normal mit den üblichen Floskeln. Ich vermute, dass der Fahrer von Herrn Nollmann in der Nähe wartete und dass die drei Fina-Plan-Leute noch irgendwohin zu einem Absacker gegangen sind. Ich bin mit einem Taxi nach Hause gefahren.«

Die beiden Beamten wussten zu diesem Zeitpunkt schon, dass

Nollmann am fraglichen Abend nicht mit dem Chauffeur gefahren war, hielten es aber nicht für nötig, mir dies mitzuteilen. Sie erhoben sich ziemlich abrupt von ihren Stühlen und gingen in Richtung Tür, ohne von meinem Angebot, sie zu ihrer nächsten Station im Hause zu begleiten, Gebrauch zu machen. Meine heimliche Befürchtung, dass mindestens einer von ihnen sich nach Columbo-Manier in der Tür umdrehen und noch eine besonders kritische Frage nach dem Muster »Ach ja, da wäre noch…« an mich richten würde, erfüllte sich nicht. Sie hatten ja auch beide keinen zerknautschten Trenchcoat an und erst recht keinen zerkauten Zigarrenstummel im Mundwinkel.

Hätte ich ihnen von Nollmanns Auftauchen in meinem Zimmer und seinem Zugriff auf meinen Rechner berichten sollen? Oder von der merkwürdigen Frage, die die Fina-Plan-Herren gegen Ende des Treffens an ihn gerichtet hatten?

Ich überlegte gerade, ob ich eine kurze Notiz über dieses Gespräch für Lohnert oder Wagner oder auch nur als Gedächtnisstütze für mich selber anfertigen sollte, da klopfte es schon wieder, und auf mein etwas ungehaltenes »Herein!« trat Jörg Bernhardt ein. Er hatte die beiden Polizisten noch aus meinem Zimmer kommen sehen und fragte: »Na, wie war das Verhör? Haben sie Dich in die Zange genommen? Hast Du gestanden?« Ich streckte ihm beide Arme entgegen. »Guck doch – keine Handschellen, keine Zwangsjacke, und auch von einer Verhaftung wurde abgesehen.« – »Und was wollten die von Dir wissen?« Ich hatte das Gefühl, dass es ihm sehr wichtig war zu erfahren, wie das Gespräch verlaufen war, versäumte aber, ihn zu fragen, wieso er überhaupt davon gewusst hatte und somit die beiden vor meinem Zimmer abpassen konnte.

»Sie wollten nur wissen, wie das Arbeitsessen mit den Leuten von Fina-Plan am Vorabend verlaufen ist. Haben immer wieder nachgehakt, ob da vielleicht irgendein kritischer Punkt gewesen wäre, eine Absicht, die Nollmann mit diesem Treffen verfolgt haben könnte usw. Aber mit all dem konnte ich ja nicht dienen. Ich weiß ja auch selber nicht, ob es bei Nollmann so etwas wie eine »hidden agenda« gab, die er bei diesem Essen verfolgt hat.«

9

Bernhardt wechselte abrupt das Thema. »Du hast ja mitbekommen – das Kicken am Samstag ist abgesagt. Wär doch eigentlich eine gute Gelegenheit gewesen, Nollmanns zu gedenken – die Spieler tragen Trauerflor und nach fünf Minuten wird das Spiel für eine Nollmann-Gedenkminute unterbrochen, Sommer und die anderen Arbeiterführer am Rande des Spielfeldes lüften ihre hässlichen Baseballcaps zu Ehren des altbösen Feindes… Aber was ich sagen wollte – dann können wir doch zum LP-Markt gehen. Kommst Du mit?«

Ja – daran hatte ich gar nicht mehr gedacht: Am kommenden Samstag würde der sogenannte LP-Markt in der alten Viehmarkthalle am Güterbahnhof stattfinden, bei dem aber nicht nur Langspielplatten, sondern Tonträger aller Art – und neuerdings auch DVD's – feilgeboten wurden. Den hatte ich wegen des geplanten Fußballspiels schon abgehakt – aber nun hatte ich ja wieder Zeit.
»Klar, gute Idee.«

Wir verabredeten uns für Samstag Vormittag – um 11 Uhr sollte ich ihn mit dem Auto abholen. Der Weg zur Halle war ziemlich weit, und wir wussten ja nicht, wie viele schwere Kisten mit antikem Schellack wir nach dem Besuch des Marktes wegzutragen hatten.

Ich hatte schon öfter mit dem Gedanken gespielt, selbst mal als Verkäufer aufzutreten, hatte ihn aber letztlich immer wieder fallen lassen – zum einen aus Kapitulation vor den bürokratischen und praktischen Hürden, die vor der Einrichtung eines eigenen Standes aufgestellt waren, aber vor allem wegen meiner Unfähigkeit, mich von den Schätzen, mit denen ich möglicherweise einen Reibach würde machen können, zu trennen.

Eine dieser Kostbarkeiten war ein Originalexemplar der ersten in Deutschland erschienenen LP von Elvis Presley – »Elvis' Golden Records Vol. 1«, erschienen 1958. Ich hatte mal im Internet gesehen, dass jemand für ein solches Stück einen vierstelligen Betrag verlangte, und war daraufhin mit meinem Exemplar zu einem Händler gegangen, der ein seltsames Einsiedlerleben im Souterrain eines heruntergekommenen Hauses fristete, dessen einziger offizieller Bewohner er zu sein schien. Der schaute sich zunächst die Hülle an, wobei er eine Miene aufsetzte, als sei er ein Kunstsachverständiger und habe er einen offensichtlich gefälschten Picasso vor sich. Dann nahm er mit großer Sorgfalt und – wie ich dann erst zu meiner Verblüffung feststellte – äußerst gepflegten, makellosen Händen die Platte aus der Hülle und hielt sie schräg gegen das Licht der Neonröhre an der Decke über sich. Seine Miene verfinsterte sich. »Die ist ja nicht mal Near Mint!«, ließ er mich wissen.

Ich war so eingeschüchtert, dass ich ihn nicht einmal zu fragen wagte, was diese merkwürdige, mir völlig unbekannte Bewertung bedeutete – es ist der zweithöchste Qualitätsgrad und bedeutet, dass eine Schallplatte so gut wie keine sichtbaren Kratzer oder sonstige Beschädigungen aufweist. Ich nahm ihm wortlos die Platte aus der Hand, ließ sie wieder in die Hülle gleiten und flüchtete grußlos aus dem Kellerloch.

Erst draußen wurde mir bewusst, dass er vermutlich nur taktiert hatte – er hätte mir die LP vielleicht abgekauft und wollte durch das »Die ist ja nicht mal...« ganz einfach den Preis drücken. Auf alle Fälle war mit diesem gescheiterten Verkaufsgespräch meine Karriere als Plattenhändler beendet, bevor sie überhaupt begonnen hatte.

Ich traute mich nicht, meine von Jörg Bernhardt angestachelte Recherche zu möglichen dubiosen, von Nollmann vermittelten Versicherungen fortzusetzen. Wer weiß, wen Lohnert, Kroll oder andere damit beauftragt hatten, nach Nollmann-Spuren in unserer EDV zu fahnden? Früher oder später würde ein Spezialist dabei auch auf meinen elektronischen Fingerabdruck stoßen – mit Folgen, die ich mir nicht auszumalen wagte.

Das einzige, was mich am nächsten Tag in massiver Weise auf Nollmann stoßen ließ, waren die Todes- und Traueranzeigen in der Zeitung – zwei ganze Seiten waren damit angefüllt. Die beiden größten – allein je eine halbe Seite – waren von unserer Firma und von Nollmanns Familie. In letzterer wurde um »meinen geliebten Mann, unseren guten Vater, Bruder, Schwager und Onkel« getrauert, und man durfte abzählen oder raten, ob z. B. eine gewisse Marie-Louise Nollmann nun als Schwester, Schwägerin oder Nichte trauerte. Es wurde darum gebeten, von Beileidsbezeugungen abzusehen und im Sinne des Verstorbenen für den Städtischen Kunstverein e. V. zu spenden. Die Trauerfeier sollte am Mittwoch der nächsten Woche auf dem Hauptfriedhof stattfinden.

Auch hier lauter Textbausteine, dachte ich. Hatte Nollmann selbst für sich eine solche lieblose Nullachtfünfzehn-Todesanzeige vorgesehen und testamentarisch verfügt, oder hatte die Familie diesen vom Bestatter vorgeschlagenen Standardtext einfach abgenickt?

Die Zeitung enthielt auch eine Anzeige der Veranstalter des LP-Marktes, zu der ein Gutschein gehörte, der eine Reduktion des Eintrittspreises um 2 EURO verhieß. Ich griff zur Schere, um den Abschnitt herauszuschneiden, und bemerkte dann, dass auf der Rückseite des Schnipsels ein Teil einer Nollmann-Anzeige abgedruckt war. Durch das Ausschneiden war aus dem Nollmann attestierten Unternehmergeist ein »nehmergeist« geworden, auch nicht schlecht.

10

Am Samstag Vormittag, kurz nach 11, stand ich vor dem Haus, in dem Jörg Bernhardt wohnte. Es war ein schäbiger Kasten in einem heruntergekommenen Viertel. Ich hatte seine Wohnung noch nie betreten, und mir wurde jetzt erst bewusst, dass das ziemlich merkwürdig war. Und während ich vor dem Haus auf ihn wartete, kam mir der Gedanke, dass er mich noch nie zu sich eingeladen und Situationen, in denen sich das anbot, immer irgendwie umgangen hatte. Gab es dafür Gründe? War er ein Messie, dessen Räume man ohne Gefahr für Leib und Leben kaum betreten konnte? War seine Wohnung vollgestellt mit den Vertretern längst vergangener PC-Generationen? Vor meinem geistigen Auge türmten sich Berge von Mac's, Commodores, HP's, Tandy's, unter denen man begraben zu werden drohte, sobald man die Wohnungstür öffnete. Vielleicht wollte er mich auch einfach nur vor den ätzenden Nikotin-Wolken in seiner Raucherhölle bewahren?

Mir fiel ein, dass ich auch so gut wie gar nichts über seine familiären Verhältnisse wusste. Gab es Lebensabschnittsgefährten, die er vor mir verbergen wollte, Haustiere, vor denen oder deren Umgangsformen ich mich vielleicht ekeln würde, z. B. Schlangen, die ganz ungeniert possirliche Nager verspeisten? Bevor ich weiter über diese Fragen nachsinnen konnte, wurde die Tür an der Beifahrerseite aufgerissen, und Jörg Bernhardt schob sich ins Wageninnere – raumfüllend und seinen Geruch nach billigem Knaster ausströmend. »Grüß Dich, Jürgen!«, sagte er, »alles unter Kontrolle?« – »Ich hoffe doch! Hast Du genug Bargeld dabei? Ich hab das Gefühl, da warten heute ein paar mächtige Herausforderungen auf uns – Willy Schneider, ›Schütt die Sorgen in ein Gläschen Wein‹, Take 2, mit Overdubs und Vico Torriani an der Triangel. Oder die Egerländer Musikanten mit ihrem Debut-Album ›Magical Mistery Boehmerland‹. Oder…« Ich unterbrach ihn. »Im Ernst, Jörg – Du weißt, was ich vor allem suche?« – »Ja, ja – die Stones, ›Tell Me‹, in der vollständigen Version, 4:05 Minuten.«

Kurz darauf hatten wir den weitläufigen Parkplatz vor der alten Viehmarkt-Halle erreicht, auf dem zu dieser Zeit noch nicht allzu viele Autos herumstanden. »Lass Dein Jackett im Wagen!« riet mir Jörg. »Du weißt doch, je feiner der Zwirn, desto schwieriger das Schachern.« Er hatte recht – die Händler pflegten die finanzielle Leistungsfähigkeit ihrer Kunden vor allem nach deren Äußeren abzuschätzen und die Anfangsforderung sowie ihre Strategie beim Feilschen entsprechend zu justieren. Da konnte eine leichtsinnigerweise getragene Krawatte schon mal einen Ausgabeaufschlag von fünfzig Prozent bewirken.

Ein wenig abgelenkt durch diese Betrachtungen achtete ich nicht auf die Umgebung. Erst beim Betreten der Halle kam mir der Gedanke, dass ich etwas Signifikantes übersehen hatte.

Wir blieben zusammen und gingen zunächst durch die Hauptgänge zwischen den größeren Verkaufsständen. Viele der Anbieter kannte ich bereits, und auch bei den Kunden sah ich viele vertraute Gesichter. Aus so manchen Kisten und Kartons stiegen die durch lange Lagerung in feuchten Gemäuern erzeugten Modergerüche auf, die eine zuverlässige Begleiterscheinung von Flohmärkten sind. Ja, und dann roch ich sie, noch bevor ich sie sah, denn sie stand in einem Nebengang. Dieses typische, fruchtige und leicht süßliche, insgesamt aber dezente Aroma von Trésor, in das ich in unserer gemeinsamen Zeit wesentlich mehr investiert hatte als in meine eigenen Eaux de Toilette, Aftershaves, Duschgels und Shampoos. Ein old magic feeling überkam mich, und ich bog um die Ecke, ohne Jörg auf diesen Schwenk vorzubereiten. Sie sah nicht auf von der CD, deren Hüllentext sie gerade studierte, und so musste ich noch einige Schritte auf sie zugehen und sie von der Seite ansprechen. »Sabine, du hier?« So eine blöde Anrede, dachte ich im gleichen Moment, und versuchte mich in eine Fortsetzung »Welches Schnäppchen willst Du mir denn da gerade vor der Nase … wegschnappen?« hineinzuretten, womit ich aber meine Befangenheit nur noch deutlicher demonstrierte. Sie schaute auf und lächelte mich an. Ich drehte mich rasch zu Jörg um, aber der war stehengeblieben und deutete mit einer Kopfbewegung an, dass er uns in Ruhe lassen und allein weitergehen würde.

»Ich hab mir fast gedacht, dass ich Dich hier sehe«, sagte sie. »Und dann bist Du trotzdem gekommen?«, redete ich mich so langsam um Kopf und Kragen, aber sie ging auch über diese unbeholfene Anmache locker hinweg und antwortete: »Klar, und bislang hab ich hier doch immer was Interessantes gefunden – Platten, CD's, meine ich.« Aha, nun geriet sie ein wenig ins Schleudern. »Und, was hast Du da Schönes?« fragte ich mit Blick auf die CD, die sie in der Hand hielt. Einen Moment lang stand unsere bisher relativ entspannte Begegnung auf der Kippe – z. B. wenn ich plump ergänzt hätte »Vielleicht etwas von Robbie Williams?«, oder sie schnippisch entgegnen würde »Natürlich etwas von Robbie Williams!«, aber es war uns beiden nicht nach Krawall zumute.

Sie zeigte mir die CD – ein frühes Werk der Kinks in einer arg zerkratzten Hülle, auf der ein Aufkleber mit der Preisangabe »10« klebte. »Das ist nun nicht gerade eine Rarität, und der Preis ist eine Unverschämtheit«, kommentierte ich und sah sofort, dass diese Schulmeisterei bei ihr nicht gut ankam. Sie verkniff sich aber eine Replik und fragte stattdessen: »Und Du? Suchst Du was Bestimmtes?« – »Na ja, Vinyl, Bootlegs und natürlich…« – ich machte eine kleine Pause in der Hoffnung, dass sie darauf eingehen würde, und tatsächlich ergänzte sie »… natürlich ›Tell Me‹ in der vollen Länge!« Mein Herz machte einen kleinen Hüpfer, und ich fühlte mich stark genug, nachzulegen: »Wollen wir uns zwischendurch zu einem Kaffee treffen?«

Sie zögerte einen Moment. »Also – nicht bei diesem Kiosk hier. Du hast doch selber immer gesagt, dass das Gebräu ungenießbar ist.« Sie hatte recht – was dieser Barista aus seinem Asphaltkocher herausholte, war entweder eine dünne Brühe oder ein pechschwarzer Sud, in jedem Fall eine dreiste Zumutung. Aber es ging mir ja gar nicht um den Kaffeegenuss, sondern einzig und allein darum, wieder einmal ein paar Minuten mit ihr zu verbringen. Ich ahnte zu diesem Zeitpunkt noch nicht – oder tat ich es doch, ohne mir dessen bewusst zu sein? –, dass ich das Gespräch mit ihr noch einmal sehr dringlich suchen und sehr nötig brauchen würde.

Sie war mit dem Bus gekommen, und ich bot ihr an, sie heimzufahren und auf dem Weg vielleicht noch eine Kleinigkeit mit ihr zu essen oder zu trinken. »Und Jörg?« fragte sie – sie hatte ihn also sehr wohl bemerkt. »Den setz ich vorher ab. Wann und wo wollen wir uns treffen?« Wir verabredeten uns für 14 Uhr am Haupteingang – bis dahin müssten wir drei alle Angebote erkundet und alle Einkäufe getätigt haben.

Wir trennten uns, und ich schlenderte weiter durch die Gänge, wobei ich auch nach Jörg Ausschau hielt. Doch bevor ich ihn auftrieb, landete ich meinen ersten Treffer – ein Bootleg-Doppelalbum von Bob Dylan, die beiden LP's und die Hülle in gutem Zustand, deren Preis ich von der »Verhandlungsbasis« bis fast auf die Hälfte herunterhandeln konnte. Kurze Zeit darauf stieß ich auf Jörg, der noch nichts erstanden hatte. Ich erzählte ihm von der Verabredung mit Sabine. Er nickte zustimmend – vielleicht war er ganz froh, dass er damit elegant der Verpflichtung entging, mich zu sich hinaufzubitten.

Kurz nach der verabredeten Zeit trafen wir drei beim Haupteingang zusammen – die Ausbeute war ziemlich enttäuschend, und »Tell Me« würde weiterhin in meiner Sammlung fehlen. Sabine und Jörg begrüßten einander mit wenig Enthusiasmus, dann fuhren wir zunächst zu Jörgs Domizil, wo er sich sehr kurz verabschiedete. Ich fragte Sabine, wohin wir nun fahren sollten, und sie schlug die »Alte Weinstube« in ihrer Straße vor – ein Etablissement, das unter Kennern als »Rentnerpuff« einen legendären Ruf genoss. Diese liebevolle Bezeichnung gründete sich zum einen auf dem Durchschnittsalter der Gäste, zum anderen auf der vermutlich berechtigten Vorstellung, dass die verwinkelten Räumlichkeiten des Gasthauses nicht selten der Anbahnung von Beziehungen zwischen Partnern dienten, die sich nach Jahrgang und Geldbeutel signifikant von einander unterschieden. Da hierbei auch dem Rebensaft kräftig zugesprochen wurde, hatte auch der offizielle Name des Lokals seine Berechtigung.

Der kürzeste Weg dorthin führte durch ein Stadtviertel, das unter dem Namen »Bonzenghetto« bekannt war. Es bestand überwiegend aus Einzelhäusern, die in den letzten Jahrzehnten gebaut worden waren und in denen nicht gerade der alte Geldadel der Stadt wohnte, sondern vornehmlich die beruflich aktive Generation der Manager und Profiteure der New Economy. Auch zwei Vorstände meines Unternehmens residierten hier, sogar in derselben Straße, Kroll und Arnold. Dies war die Durchgangsstraße der Siedlung, und als wir an Krolls Haus vorbeifuhren, stutzte ich: Vor dem Haus stand das SUV von Frau Nollmann. Ich ließ mir meine Überraschung nicht anmerken und hatte den Eindruck, dass Sabine das Auto entweder nicht bemerkt oder nicht erkannt hatte.

11

Die Alte Weinstube war nur schwach besucht, was für einen Samstagnachmittag eher ungewöhnlich war, zumal das Restaurant auch über eine umfangreiche Kuchentheke verfügte. Wir wählten einen Tisch an einem der Fenster und bestellten beide ein Kännchen Kaffee und ein Stück von der Schwarzwälder Kirschtorte, eine der Spezialitäten des Hauses. »Wie ein altes Ehepaar!«, bemühte ich mich um einen persönlichen Einstieg in unser Gespräch, aber Sabine wollte sich auf diese Ebene erkennbar nicht begeben. Sie gab mir zu verstehen, dass ihr Zeitbudget limitiert war, und kam dann ohne Umschweife auf die Situation in unserem Unternehmen nach Nollmanns Tod zu sprechen. »Ich weiß, dass Du irgendwie betroffen oder sogar belastet bist«, sagte sie. Ich fiel ihr ins Wort: »Wie bitte? Belastet? Betroffen? Glaubst Du, ich habe ihn umgebracht?« Aber sie blieb kühl und distanziert. »Natürlich nicht. Das glaubt keiner. Aber es gibt offenbar Leute, die annehmen, dass Du in die Ursache für seinen Tod verwickelt bist. Sommer…« – »Was sagt Sommer?«, unterbrach ich sie wieder. »Ich weiß, dass der große Arbeiterführer mich nicht leiden kann, aber das hat doch mit Nollmanns Ableben nichts zu tun! Da geht es um Betriebsratsgeschichten, und seit wir beide uns getrennt haben…« Jetzt fuhr sie mir dazwischen: »Lass uns da aus dem Spiel, Jürgen. Ich kann Dir nur soviel sagen – Sommer weiß, dass man Dir etwas anhängen möchte. Und noch etwas will ich Dir sagen – und dann möchte ich gehen: Ich warne Dich vor Jörg Bernhardt! Der Typ ist gefährlich!«

Damit war unser Gespräch beendet. Nicht einmal für ein wenig Small Talk reichte es noch, bis ich bezahlt hatte und wir schließlich das Restaurant verließen. Dieses füllte sich langsam mit der angestammten Kundschaft, zu der auch diverse Hunde gehörten, deren Benehmen in einem gewissen Widerspruch zu ihrem meist besonders edlen Stammbaum stand. Ich machte einen ebenso hilflosen wie peinlichen Versuch, wenigstens zum Abschied noch etwas Persönliches in unsere Begegnung zu bringen und an alte Zeiten anzuknüpfen: »Au revoir, mon trésor!« Sie ging auch darauf nicht ein, verabschiedete sich mit einem kurzen »Tschüß!« und ließ mich stehen. Die »paar Meterchen« bis zu ihrer Wohnung wollte sie zu Fuß und ganz sicher ohne mich gehen.

Als ich kurz darauf an ihrem Haus vorbeifuhr, bemerkte ich ein Motorrad, das vor der Tür abgestellt war. Es war eine knallig rote Kawasaki. Ich wusste, wem sie gehörte. Und nun wurde mir auf einmal bewusst, was ich auf dem Parkplatz vor der Viehmarkthalle gesehen, aber nicht beachtet hatte. Und die Frage, wem das tätowierte Herz gewidmet war, hatte sich auch erledigt.

Das Album von Bob Dylan und meine anderen Errungenschaften von dem Schallplattenmarkt waren mir mit einem Schlag egal. Ich brauchte den ganzen Rest des Samstags und den halben Sonntag, um mich wieder soweit zu erholen, dass ich His Bobness die ihm gebührende Aufmerksamkeit schenken konnte.

12

Der Blick in die Montags-Zeitung belegte noch einmal nachdrücklich die bedeutende Rolle, die Nollmann im Gesellschafts- und Wirtschaftsleben der Stadt gespielt hatte: Ein knappes Dutzend Traueranzeigen füllte fast zwei komplette Zeitungsseiten. Zusammengenommen boten sie fast alle Klischees und Plattitüden, die das deutschsprachige Kondolenz-Vokabular hergibt. Von »plötzlich und unerwartet« bis »mitten aus dem Leben gerissen«, von »schmerzlicher Verlust« bis »schlägt eine große Lücke« und von »hochangesehen« bis »bedeutend« und gar »unersetzlich« las man da so ziemlich alles, was unter »nihil nisi bene« zu verstehen ist.

Ich hatte nach diesem verkorksten Wochenende das dringende Bedürfnis, mit jemandem zu sprechen, jemandem mein Herz auszuschütten und ihn um Rat zu fragen. Meine heimliche Hoffnung, dass Sabine für mich als Beichtmutter und Coach fungieren könnte, war am Samstag geradezu pulverisiert worden, und so kam eigentlich nur noch Dieter Domrich in Frage. Gleich nach Betreten meines Büros rief ich ihn an, aber er ging nicht an den Apparat. Ich drückte die Taste, die einen Rückruf anfordert, und begann den Arbeitstag mit allerlei Kleinigkeiten, die nicht meine volle Konzentration erforderten. Zum Glück kamen zunächst keine Anrufe – aber auch der Rückruf von Domrich ließ auf sich warten.

In meiner Mailbox erschien gegen halb zehn ein weiteres Rundschreiben von Lohnert an die gesamte Belegschaft inklusive der Mitarbeiter im Außendienst. Der Verteiler umfasste nicht nur die sogenannte Ausschließlichkeit, sondern auch Vertreter, Makler und Agenten, die nicht an unser Unternehmen gebunden waren.

Es wurde mitgeteilt, dass »auf Wunsch der Familie Nollmann« nur die Angehörigen und ein enger Freundeskreis an der Beisetzungsfeier teilnehmen sollten und dass das Unternehmen zu einem späteren Zeitpunkt eine Trauerfeier für Nollmann ausrichten würde. Ich stellte mir kurz die hypothetische Frage, ob ich wohl an der Beerdigung teilgenommen hätte, wenn mir dies freigestanden hätte, kam aber zu keinem Ergebnis.

Endlich rief Domrich zurück. Ich sagte ihm, dass ich mich gern mit ihm treffen und über die Vorgänge im Zusammenhang mit Nollmanns Tod mit ihm sprechen wollte, und zwar in Ruhe und außerhalb der Dienstzeit. Nach Domrichs Einwilligung schlug ich vor, dass wir uns am Abend bei mir zu Hause zusammensetzen könnten – »Wann genau passt es Dir, Dieter?« Er wollte gegen 20 Uhr kommen.

Obwohl der Tag im Büro absolut ereignislos verlief und es insbesondere nichts Neues zu Nollmann und seinem Ableben gab, wurde ich innerlich immer unruhiger. Ich hatte das bohrende, ja, marternde Gefühl, dass Nollmanns Tod Teil eines größeren Dramas war und dass mir in diesem Drama eine unfreiwillige Schlüsselposition zukam. Ein weiteres Mal verwarf ich den Impuls, meine Recherche zu zweifelhaften Großverträgen, an denen Nollmann in dubioser Weise beteiligt sein könnte, wieder aufzunehmen. Zu groß war meine Angst, dass man mir bei der Aufarbeitung der Nollmann-Affäre hieraus einen Strick würde drehen können.

Natürlich trieb mich auch das Treffen mit meiner Ex-Freundin Sabine vom vergangenen Samstag um. Der Schock darüber, dass offenbar – ausgerechnet! – der Kawasaki-Fahrer Klaus Sommer mein Nachfolger bei ihr war, der Ärger über das merkwürdige Versteckspiel der beiden und die Wut darüber, dass ich selber so hilflos auf diese Situation reagiert hatte, waren fast noch größer als die Ängste wegen Nollmann.

Beim Mittagessen in der Kantine spielte Nollmanns Tod schon keine Rolle mehr. Wie meistens am Montag stand das zurückliegende Bundesliga-Wochenende im Mittelpunkt der Tischgespräche, und an zweiter Stelle folgte die – wie immer – kontroverse Bewertung des Fernseh-»Tatortes« vom vergangenen Sonntag. Platz drei nahm der Dauerbrenner Essensbeschimpfung ein – diesmal mit der Kritik daran, dass das Hauptgericht angeblich überwiegend aus Sättigungsbeilagen bestand.

Ich verließ mein Büro gegen 18 Uhr und fuhr zunächst zum Einkaufen. Mit meinem ohnehin begrenzten Weinvorrat würde ich den Biertrinker Dieter Domrich nicht begeistern können. Aber als ich im Supermarkt vor dem Bierregal stand, hätte ich fluchen mögen – ungefähr zwei Dutzend verschiedene Biersorten standen zur Auswahl, und ich hatte keine Ahnung, ob Dieter auf Pilsener, Weizen, Export, Alt oder Bock stand, von der Marke ganz zu schweigen. Ich schaute auf mein Handy – nein, ich hatte keine Telefonnummer gespeichert, unter der ich ihn möglicherweise erreichen konnte. Aber die Telefonnummern von Jörg Bernhardt kannte ich sogar auswendig – also rief ich ihn an. »Jörg, alte Schnapsnase, ganz kurz – weißt Du, welches Bier Dieter Domrich trinkt?« Er schien einen Moment zu brauchen, um diesen telefonischen Überfall zu verkraften, dann antwortete er mit leicht indigniertem Unterton »Pils. Der trinkt nur Pils« – »Marke?« – »Völlig egal. Kannst ruhig die billigste Bückware von ganz unten nehmen. Aber warum…?« Ich ließ ihn die Frage nicht zu Ende stellen, sondern beendete mit einem hastigen Dank das Gespräch. Mir fiel ein, dass es vielleicht nicht die beste Idee gewesen war, ausgerechnet Jörg Bernhardt in die Vorbereitung meines vertraulichen Gesprächs mit Dieter Domrich einzubeziehen.

13

Er kam pünktlich – der Tagesschausprecher hatte seine Begrüßungsfloskel noch nicht ganz beendet, als es an der Wohnungstür klingelte. Auf dem Weg ins Wohnzimmer fragte ich, was ich ihm zu trinken anbieten könnte, und er antwortete erwartungsgemäß »Am liebsten ein Bier – hast Du eins da?« – »Natürlich! Ein bestimmtes?« Ich glaubte, mir diese Frage erlauben zu können, denn ich hatte fünf Flaschen Pilsener von drei verschiedenen Brauereien gekauft. »Am liebsten Weizen. Aber Export ist auch OK.« – »Soviel zur Belastbarkeit der Auskünfte von Jörg Bernhardt!«, dachte ich verärgert und sagte kleinlaut: »Es tut mir leid, Dieter, aber ich habe nur Pils im Haus. Ich meinte mich zu erinnern…« – »Geht auch«, sagte er zu meiner Erleichterung, und ich eilte in die Küche, um die erste Flasche aus dem Kühlschrank zu holen. Für mich stand schon der Rotwein bereit – ich gönnte mir einen Château Peybourdieu aus dem Médoc, von dem ich vor ein paar Monaten zwölf Flaschen zu einem äußerst günstigen Preis erworben hatte.

Dieter prostete mir zu und fackelte dann nicht lange: »Na, und wo brennt's denn nun?« – »Es brennt gleich an mehreren Ecken auf einmal«, antwortete ich. »Du kannst Dir schon denken, dass sich die ganze Angelegenheit um Nollmanns Tod dreht. Ich sitze da irgendwie wie eine Spinne im Netz, fühle mich aber eher wie eine Fliege, die sich in einem solchen Netz verfangen hat und nun hilflos darin herumzappelt. Du weißt ja schon, dass Nollmann kurz vor seinem Ableben in meinem Zimmer aufgetaucht ist und sich an meinem Computer zu schaffen gemacht hat. Ich hab Dir auch erzählt, dass einige Tage zuvor Jörg Bernhardt mir erzählt hat, dass Nollmann angeblich an Vertragsabschlüssen mit sehr hohen Beitragssummen und daher auch sehr hohen Provisionen verdient haben soll. Ach so, dazu fällt mir jetzt noch ein, dass Ahlberg, das ist der Chef von Fina-Plan, Nollmann nach dem Essen am Abend vor Nollmanns Tod nach einer angeblichen Revision zu Todesfällen mit hohen Summen gefragt hat.« – »Und wie hat Nollmann reagiert?« – »Er hat das abgestritten. Na ja, und am nächsten Tag war er tot.« Ich trank einen Schluck von meinem Wein – leider schien er ein wenig über seiner Idealtemperatur von 18° zu liegen.

»Ich mach mal weiter mit der Aufzählung der Merkwürdigkeiten«, fuhr ich fort. Dieter nickte, aber seiner Miene war nicht anzusehen, ob ihn meine Ausführungen wirklich interessierten oder ob er nur mir zuliebe den höflichen Zuhörer spielte. »Gleich nach Bekanntgabe des Nollmann-Todes wurde ich beauftragt, sämtliche Verträge auf seinen Namen für Lohnert und den Vorstand zusammenzustellen, mit allen technischen Vertragsdetails. Dann kamen die Polizisten ins Haus – hast Du sie übrigens gesehen?« – »Nein.« – »Der eine ist wahnsinnig korpulent und heißt passender Weise Söhnlein, und der andere, Fritsche, hat einen ziemlich bescheuerten Gesichtsausdruck, aber das täuscht wohl auch. Und ich war einer der ersten, mit denen sie sprechen wollten!« – »Und – was wollten Sie von Dir?« Ich war einen Moment lang irritiert. »Hab ich Dir das nicht schon… – ach nein, das hab ich Jörg Bernhardt erzählt. Der stand komischerweise gerade zu dem Zeitpunkt vor meiner Tür, als das Gespräch mit den beiden Polizisten zu Ende ging. Und vor dem hat mich übrigens Sabine gewarnt.« – »Sabine? Ihr sprecht wieder miteinander? Privat, meine ich.« Dieter schien auf einmal viel interessierter als zuvor. »Ja, das hat sich so ergeben… Ja, und die Polizisten, die haben mich nur wegen des Abendessens mit Nollmann und den Leuten von Fina-Plan gelöchert. Aber da konnte ich ihnen ja nun wirklich nichts Spektakuläres offenbaren.« – »Etwas ist aber schon merkwürdig an diesem Abend«, warf Dieter ein. »Wieso weißt Du etwas über diesen Abend?«, fragte ich, einigermaßen überrascht, zurück. »Ich hab gestern neben dem Fahrer von Nollmann in der Kantine gesessen. Der ist ziemlich angeknackst wegen dieser Geschichte – nicht nur, weil er nun einen neuen Chef bekommt.« Ich konnte es nicht unterlassen, das sogleich zu kommentieren: »Da kann er sich ja nur verbessern!« – »Ja, ja«, schmunzelte Dieter, »mach Du Dich nur mit solchen Bemerkungen immer weiter verdächtig! Nein – er ist auch von den Bullen verhört oder befragt worden. Und hat ihnen erzählt, dass er Nollmann nicht nach Hause gefahren hat.« – »Wohin denn dann?« – »Er hat ihn nach dem Essen überhaupt nicht mehr gefahren. Als er Nollmann vor Eurem Gourmet-Tempel abgesetzt hat, hat Nollmann ihm gesagt, er könne Feierabend machen, er würde nicht mehr gebraucht. Und das, obwohl er von Beatrix ausdrücklich für diese Fahrt gebucht war!« Ich war wieder mal perplex, denn ich war ja bisher ganz fest davon ausgegangen, dass der Fahrer auf Nollmann gewartet hatte, und hatte dies auch den Polizisten gesagt. Hatten die das schon gewusst, als sie bei mir gewesen waren? Das war zu vermuten Man musste ja davon ausgehen, dass der Fahrer einer der letzten gewesen war, die Nollmann lebend gesehen hatten, und daher einer der ersten sein würde, den man befragen würde. »Das ist ja ziemlich komisch«, bemerkte ich und stellte mir auch gleich die Frage, was der Fahrer dann mit Nollmanns Dienstwagen gemacht hatte, mit dem Nollmann ja vermutlich am nächsten Morgen hatte fahren wollen. »Hat er sonst noch was erzählt?«, fragte ich, aber Domrich konnte sich an nichts Bestimmtes erinnern.

Ich holte ihm eine neue Flasche Bier aus dem Kühlschrank und schenkte mir Rotwein nach, der mir aber nicht mehr schmecken wollte, was weniger an seiner Temperatur als an der Enthüllung lag, mit der Dieter Domrich mich soeben erschreckt hatte. Irgendwie war mir diese Beichtstunde entglitten, und bei Dieter begannen sich sogar schon die Folgen des Biergenusses zu zeigen. »So, so, Sabine hat Dich also vor Jörg Bernhardt gewarnt«, nahm er den verlorengegangenen Faden wieder auf. »Da hat sie leider recht!« – »Woher willst Du denn wissen, dass eine solche

Warnung berechtigt ist? Was sollte ich denn von ihm zu befürchten haben?« Dieters Zunge war schon ein wenig schwer, als er antwortete: »Karohemden, Samenstau – ich studier Maschinenbau!« – »Was soll das denn, Dieter? Meinst Du damit Jörg? Der ist übrigens Informatiker.« – »Aber früher hätten solche Leute Maschinenbau studiert, und an den Technischen Hochschulen hatten diese Typen nun mal diesen Ruf!«

In der Annahme, dass Dieters Aufnahmefähigkeit noch nicht völlig erschöpft war, entgegnete ich: »Du kennst doch sicherlich den Namen Felix Wankel – das ist der Erfinder des gleichnamigen Motors. Und von dem stammt der Satz: Geht ein deutscher Techniker mit ein paar Konservendosen in den Urwald, kommt er mit einer Lokomotive wieder heraus.« Dieter glotzte mich verständnislos an, und ich wusste daher nicht, ob ich überhaupt noch irgendetwas von dem, was er jetzt von sich gab, ernst nehmen sollte. Er fuhr fort: Samstag Abend hab ich Jörg in einer Kneipe am Rathausplatz getroffen. Er hatte einiges getrunken.« – »Wie Du jetzt auch«, fiel ich ihm ins Wort. »Ja, ja, aber ich kann noch klar denken. Also, wir haben über alles Mögliche geredet, über den Nollmann-Kram natürlich und auch über Dich.« – »Aha – da bin ich aber mal gespannt!« Das war ich wirklich. Samstag – das war also der Abend nach dem Besuch des LP-Marktes. Dieter fuhr fort: »Er war überhaupt nicht gut auf Dich zu sprechen und sagte unter anderem, dass Schweinchen Schlau – ja, so nannte er Dich! – eine ziemliche Nervensäge sei und außerdem ein unverfrorener Epi…, äh, Epig…« – »Epigone?«, versuchte ich ihm zu helfen. »Richtig«, sagte Dieter und leerte mit einem großen Schluck die zweite Flasche. »Und, hat er das begründet?« – »Klar, ich hab ihn ja gefragt, wie er darauf kommt. Da hat er geantwortet, Du hättest ihm bei Eurem ersten Gespräch auf einem Betriebsausflug irgendetwas aus Deiner Kindheit erzählt mit »Kopfball – Tor« oder so ähnlich. Und er hätte sofort gemerkt, dass Du das geklaut und nur benutzt hast, um mit ihm ins Gespräch zu kommen.« – »Wie bitte? Diese Geschichte hat sich von

A bis Z so zugetragen, wie ich sie ihm – ohne jede Absicht übrigens – erzählt habe!« – »Aber er sagt, das ist von Horst Ru…, also, Rubi…« – »Horst Hrubesch vielleicht?«, fragte ich. »Genau! Der hat nämlich gesagt ›Manni Bananenflanke, ich Kopf, Tor‹.«

Ich war sprachlos. Aber es hatte auch keinen Zweck, weiter mit Dieter zu palavern – die zwei Flaschen Bier schienen ihm ganz schön zuzusetzen. Bekam ihm das ungewohnte Pils nicht? Wahrscheinlicher war, dass er schon vorher etwas getrunken hatte, warum auch immer. Ein Alkoholiker war er jedenfalls nicht.

Ich rief bei der Taxi-Zentrale an und bestellte ihm ein Taxi. Da dies in wenigen Minuten vor der Tür stehen sollte, gingen wir gleich nach unten und vor die Haustür. Dieter wohnte nur wenige Kilometer von mir in einer Gegend mit Häusern aus der Nachkriegszeit, deren architektonische Scheußlichkeit mit der gängigen Bezeichnung »Platte West« ziemlich gut beschrieben wird.

Mein Misstrauen gegenüber Jörg Bernhardt vermischte sich nun mit einem stark ansteigenden Zorn. Die Bezeichnung »Schweinchen Schlau« hätte ich ihm ja noch durchgehen lassen. Ich war ja selber nicht zimperlich im Erfinden oder Benutzen von Spitznamen. Aber ich nahm es ihm sehr übel, dass er meine ebenso wahrheitsgetreue wie erinnerungsträchtige Geschichte mit dem von meinem Freund Peter prognostizierten 3:3-Ausgleich in letzter Minute als Fabel, und als geklaute zumal, denunziert hatte.

Natürlich war ich auch deprimiert, weil der Abend mit Dieter Domrich so unergiebig gewesen war. Statt mir die erhofften Aufschlüsse und den erwarteten Zuspruch zu bieten, hatte er mir Albernheiten und die Schilderung von Bernhardts Gemeinheit aufgetischt. Ich wusste ja, dass er kein Geistesriese und darüber hinaus ziemlich naiv war, aber nach der Enttäuschung mit Sabine hatte ich meine ganze Hoffnung auf ihn gesetzt. Wer blieb mir noch? Martin Bellmann vielleicht, als allerletzter Strohhalm, an den ich mich klammern konnte?

Ich schenkte mir noch ein halbes Glas Rotwein ein, ohne ernsthaft zu hoffen, dadurch die für einen ruhigen Schlaf erforderliche Bettschwere zu erreichen. John Lennons »Nobody loves you when you're down and out« ging mir durch den Kopf. Als ich bei der Schlußzeile «Everybody loves you when you're six foot in the ground« angekommen war, fiel ich dann schließlich doch in einen unruhigen Schlaf.

14

Der erste Anruf am nächsten Morgen kam von Harald Romeike. »Hast Du es schon gelesen?«, fiel er gleich mit der Tür ins Haus. »Was denn? Du meinst, in Deiner Zeitung? Da hab ich noch nicht hineingeguckt, aber ich hab sie dabei.« Romeike sagte bedeutungsschwer: »Dann schlag mal die Seite 5 auf. Da steht einiges zu Nollmann. Wir konnten es nicht länger zurückhalten.«

Ich holte die Zeitung aus meiner Tasche und schlug sie auf. Tatsächlich – ein Artikel über mehr als eine halbe Seite, verziert mit dem alten Foto von Nollmann und versehen mit der Überschrift »Erste Erkenntnisse zum Tod von Direktor Werner Nollmann«. »Ich hab den Artikel«, ließ ich Romeike wissen, »und was steht drin?« – »Na ja, weniger als Hälfte von dem, was inzwischen durchgesickert ist. Ducke wollte den ganzen Artikel verhindern, aber mit so viel pietätvoller Nachrichtenunterdrückung konnte er sich in der Redaktionskonferenz nicht durchsetzen. Also – es sieht nach Selbstmord aus. Die polizeiliche Untersuchung ist offenbar erstaunlich schnell vorangekommen, was aber andererseits eben auch viel Aufmerksamkeit erregt und notwendigerweise eine ganze Reihe von Leuten einbezogen hat.

Nollmann ist offenbar nicht direkt nach Eurem Essen nach Hause gefahren, sondern hat noch ein anderes Lokal aufgesucht und sich dort mit einem jungen Mann getroffen. Danach hat er sich ein Taxi bestellt und ist mit diesem heimgefahren, und zwar allein. Das war so gegen zwei Uhr, und sein Tod ist etwa drei Stunden später eingetreten. Die Putzfrau hat ihn um sieben in seinem Wohnzimmer aufgefunden. Es gibt bisher offenbar keinen

Anhaltspunkt für einen tödlichen Unfall oder für ein Fremdverschulden, also einen gewaltsamen Tod durch Dritte.«

»Danke für diese Informationen, Harald«, beeilte ich mich zu sagen, als Romeike eine Pause machte. »Leider kann ich Dir nichts Entsprechendes bieten – hier im Hause gibt es keine neuen Fakten oder Gerüchte, jedenfalls meines Wissens nicht. Und – weißt Du auch etwas Neues zu der Behauptung, dass Nollmann schwul war?« – »Nee«, antwortete er, »und das Lokal, in dem er zuletzt war, deutet auch nicht darauf hin. Aber das kann ja auch Absicht gewesen sein.« – »Und wer der junge Mann war, mit dem er sich da getroffen hat – weiß man das?« – »Möglicherweise. Aber ich kenne den Namen bisher nicht.«

Ich bedankte mich bei ihm für die Informationen und beendete das Telefonat. Obwohl eine Menge Arbeit auf mich wartete, holte ich mir zunächst einen Kaffee und las dann den Nollmann-Artikel. Er enthielt in der Tat kaum irgendwelche substantiellen Fakten bis auf die vage Formulierung, dass die genaue Todesursache immer noch nicht bekannt sei. Und dann gab es noch eine peinlich gewundene Umschreibung des Sachverhaltes, der üblicherweise damit beschrieben wird, dass die Polizei »aus ermittlungstechnischen Gründen« noch keine weiteren Ergebnisse ihrer Arbeit bekanntgibt.

Als ich das las, fiel mir auf, dass die Aussage zur angeblich unbekannten Todesursache nicht stimmen konnte. In zwei Tagen sollte Nollmann bestattet werden – wie sollte das möglich sein, wenn sein Leichnam jetzt noch in der Gerichtsmedizin untersucht wurde?

Es war ausgerechnet Kommissar Fritsche, der mir diese Frage beantworten sollte. Denn kurz nach meinem Telefonat mit Romeike klopfte es ziemlich laut an meiner Tür, und bevor ich auch nur reagieren konnte, hatte sie sich bereits geöffnet, und der Polizist mit dem tranigen Gesichtsausdruck betrat mein Zimmer. Er trug einen Mantel und schwitzte fürchterlich, so dass ich ihn trotz meiner Verblüffung über dieses unerwartete Mit-der-Türins-Haus-Fallen gleich fragte, ob er nicht ablegen wolle. Er nahm diesen Vorschlag sowie den Stuhl, den ich für ihn vor meinen Schreibtisch schob, dankend an, lehnte aber entschieden ab, als ich ihm etwas zu trinken anbot.

Fritsche fixierte mich kurz und begann dann unser Gespräch – ich hoffte, dass es kein Verhör war – mit einer überraschenden Eröffnung. »Herr Dr. Rieger, lassen Sie uns Klartext reden. Ich biete Ihnen an, Ihnen alles zum Fall Nollmann zu sagen, was wir bisher ermittelt haben, wenn Sie mir umgekehrt alles erzählen, was ich von Ihnen wissen will.« Ich hatte mit allem Möglichen gerechnet, aber nicht mit einer solchen Offerte. Ich schaute Fritsche überrascht an, ließ meinen Blick einen Moment auf den dicken Tränensäcken in seinem verschwitzten Gesicht verharren und antwortete dann in dem Bestreben, ein wenig Zeit zu gewinnen, ohne ihn zu brüskieren: »Nun ja – ich weiß ja gar nicht, was Sie von mir wissen wollen, und erst recht weiß ich nicht, ob ich das, was Sie wissen wollen, selber weiß.« Mir war klar, dass das zwar einerseits vernünftig war, andererseits aber ziemlich kompliziert klang, doch Fritsche zerstreute meine Bedenken, indem er sofort antwortete: »Schon klar – aber ich glaube, Sie können mir alles sagen, wonach ich fragen werde.«

Es trat eine kurze Pause ein, doch bevor unser Schweigen den Charakter eines Pokerrituals annehmen konnte, legte Fritsche los – und warf mir sogleich einen dicken Brocken hin. »Die Untersuchungsergebnisse sind eindeutig, und die Pathologen haben keinen Zweifel – es war Selbstmord. Nollmanns Leiche ist bereits freigegeben.« Meine Verblüffung war komplett. Ich brauchte einige Sekunden, um mich von dieser unerwarteten Eröffnung zu erholen. Dann traute ich mich, ihn vorsichtig zu fragen: »Ja, aber dann ist der Fall doch gelöst? Warum ermitteln Sie dann noch?« Fritsche lächelte nachsichtig und antwortete im Tonfall eines Meisters, der seinen begriffsstutzigen Schüler belehrt: »Wir wissen, dass Nollmann sich selbst umgebracht hat. Wir wissen sogar, mit welcher Substanz – die ist in einschlägigen Kreisen,

Sterbehelfern und so weiter, wohlbekannt, und jeder kann sie sich mit ein wenig Aufwand besorgen. Aber Nollmann hat keinen Abschiedsbrief hinterlassen, und wir kennen die Gründe für seinen Selbstmord bisher nicht.« Und als ich ihn weiterhin nur ziemlich verunsichert anschaute und nichts sagte, fügte er rasch hinzu: »Wir verfolgen, ohne Ansehen der Person, zwei Ansätze: Hatte Nollmann Dreck am Stecken und sah sich in einer ausweglosen Situation, die ihn zum Suizid getrieben hat, oder wurde er in irgendeiner Weise von irgendjemandem erpresst und wusste nicht weiter? Wobei diese beiden Motive natürlich zusammenfallen können.« Ich war weiterhin zu verblüfft über diese Fülle von Enthüllungen und die Selbstverständlichkeit, mit der sie mir von Fritsche serviert wurden, dass ich nicht unbefangen reagieren konnte. Trotzdem mobilisierte ich meine ganze Fernsehkrimi-Schlauheit, um ihm zu entgegnen: »Es könnte doch auch sein, dass er sich verschuldet oder verspekuliert hat und dadurch in eine prekäre wirtschaftliche Situation geraten ist. Vielleicht hat ihn der Ruin oder die Scham darüber in den Tod getrieben.« Fritsche nahm diese Steilvorlage dankbar und ohne zu zögern an: »Interessant! Haben Sie Anhaltspunkte für diese Vermutung?« – »Nicht den geringsten«, beeilte ich mich zu antworten, und fügte gleich hinzu: »Nollmann war eigentlich in seinem Auftreten und Gebaren das genaue Gegenteil eines Spielers. Er schien sich immer völlig unter Kontrolle zu haben.« Fritsche schmunzelte. »Das kann täuschen. Glauben Sie mir, es gibt Leute, die in Ihrem Berufsleben alles – insbesondere sich selbst – völlig unter Kontrolle haben und privat total ausrasten können.« Und dann wechselte er blitzschnell in einen anderen Modus: »Er mochte Sie nicht besonders, oder?«

Ich schnappte nach Luft, brauchte aber zunächst einmal nicht zu antworten, denn es klopfte, und auf mein »Ja, bitte« steckte Jörg Bernhardt den Kopf zur Tür herein. Er schien diesmal nicht damit gerechnet zu haben, Fritsche bei mir anzutreffen, fing sich aber schnell, murmelte nur »Oh, ich wollte nicht stören!« und zog seine fettige Haarpracht rasch wieder zurück.

Fritsches Gesichtsausdruck verriet, dass er gespannt auf meine Antwort wartete. Ich beschloss, ihm ehrlich zu antworten. »Ja, unser Verhältnis war schwierig. Ich glaube, dass er mich fachlich durchaus schätzte. Das geht schon daraus hervor, dass er mich oft hinzugezogen hat, wenn es bei Sitzungen, Besprechungen und Kundenkontakten um Details ging, die mein Fachgebiet betrafen. Andererseits war er ein Mensch, der wichtige Entscheidungen oft mit Bauchgefühl auf Grund seiner persönlichen Berufserfahrung traf, und da, na ja, da war ihm meine analytische Herangehensweise oft lästig.« – »Zu theoräddisch?«, ahmte Fritsche Nollmanns Tonfall nach, und ich wusste nicht, worüber ich mich mehr wundern sollte – die unerwartete Lockerheit, mit der er diese Imitation vortrug, oder die Tatsache, dass er so genau darüber Bescheid wusste, wie Nollmann gelegentlich meine Beiträge gewürdigt hatte.

»Ja, in der Tat«, antwortete ich, wagte aber nicht nachzufragen, wer ihn so genau informiert hatte.

Allmählich begann ich mich dafür zu schämen, dass ich Fritsche bei unserer ersten Begegnung in die Kategorie »Doof« gesteckt hatte – dieser Mann war geistig außerordentlich präsent und verstand es, mich mit der allergrößten Gelassenheit von einer Verlegenheit in die andere zu treiben. Auch jetzt nahm er den Faden zielstrebig wieder auf. »Wenn es also keine Schulden waren – wer könnte denn ein Interesse an Nollmanns Tod haben, so sehr, dass er ihn vielleicht mit einer Erpressung in den Suizid getrieben hat?« – »Ich wüsste keinen«, antwortete ich, und fügte gleich ziemlich kraftlos hinzu: »Ich selbst war es bestimmt nicht!« Er setzte nach: »Gibt es keinen, der von Nollmanns Tod profitiert?« – »Na ja, grundsätzlich wohl sein Nachfolger.« – »Aha – und wer wird das?« Ich zögerte kurz, sah aber ein, dass es keinen Zweck hatte, mich bei dieser Frage dumm zu stellen. »Favorit ist jedenfalls Späth, aber ich kann mir beim besten Willen nicht vorstellen, dass der zu solchen Mitteln greift.« – Gut. War Nollmann also nicht erpressbar? Durch niemanden?«

Der Mann hatte mich geschafft. Ich wollte diesen Folterknecht so schnell wie möglich loswerden und erzählte ihm nun in einem Zug von den eigenen Versicherungsverträgen Nollmanns, von dem Verdacht, er hätte möglicherweise von hohen Abschlüssen Dritter in unzulässiger Weise profitiert und von der merkwürdigen Frage der Fina-Plan-Leute nach dem Geschäftsessen am Abend vor Nollmanns Hinscheiden. Auch Nollmanns rätselhaftes Erscheinen in meinem Zimmer erwähnte ich. Nur Reuters Verdacht, dass Nollmann homosexuell sei, verschwieg ich, ohne mir ganz im Klaren darüber zu sein, warum eigentlich. Gerade hier lag doch ein möglicher Ansatz für eine Erpressung.

Fritsche unterbrach meinen Redefluss an keiner Stelle. Als ich geendet hatte, stand er abrupt auf, griff nach seinem Mantel und rief mir ein kurzes »Danke! Sehr aufschlussreich!« zu. Und dann passierte es: Er hatte die Türklinke schon in der Hand, da drehte er sich noch einmal zu mir um. »Ja, wirklich sehr aufschlussreich. Aber Sie haben mir nicht gesagt, dass Sie den Tipp zum Kauf Ihrer Bilder da«, er drehte seinen Kopf zu den Johnny-Friedlaender-Drucken an der Wand hinter mir, »von Nollmann bekommen haben!« Dann zog er die Tür ganz sacht hinter sich zu.

Also doch die Columbo-Nummer, dachte ich und geriet wieder in leichte Panik. Ich vergrub mich in meine Arbeit und war heilfroh, den ganzen Rest des Arbeitstages nicht mehr mit dem Thema Nollmann konfrontiert zu werden. Ich hütete mich wohlweislich auch, im Intranet nach Nollmanns Spuren zu suchen. Und Jörg Bernhardt, der so gekonnt in meine Unterhaltung mit Fritsche hineingeplatzt war, meldete sich auch nicht wieder.

15

Was mich am Abend dann doch noch positiv stimmte, war zum einen das ungestörte Abhören einiger alter Klassik-Scheiben. Ich genoss wieder einmal die Electrola-Aufnahme von Beethovens Pastorale mit den Wiener Philharmonikern und Wilhelm Furtwängler aus dem Jahre 1952. Sogar der von Sabine angebrachte Kratzer, ausgerechnet im Andante molto mosso der »Szene am Bach«, trübte das Hörvergnügen diesmal nicht.

Zum anderen erfreute mich die Aussicht, am nächsten Tag der Firma und dem Nollmann-Sumpf einmal entfliehen zu können. Ich würde an einer Tagungsveranstaltung in einem dieser typischen Seminar-Hotels am Stadtrand teilnehmen und sogar selbst einen Vortrag halten. Über das Thema »Professionelles Schaden-Management in der Berufsunfähigkeitsversicherung« hatte ich schon mehrfach bei internen Schulungen vorgetragen, und alles, was ich für das Referat benötigte, war ein USB-Stick mit der Power-Point-Präsentation.

Ich konnte erstmals seit vielen Tagen ruhig schlafen – bis kurz vor dem Aufwachen. Da plagte mich ein Alptraum, in dem Nollmann in meinem Wohnzimmer stand, eine Langspielplatte in der Linken, eine Schere in der Rechten und im Begriff, das kostbare Vinyl zu zerschneiden. Die Hülle lag auf dem Boden; sie zeigte das lachende Gesicht von Sabine.

Der folgende Tag verlief tatsächlich so, wie ich es mir gewünscht hatte. Die Tagung bot keine besonderen Höhe–, aber auch keine Tiefpunkte. Ich konnte meinen Vortrag routiniert abspulen und in der nachfolgenden Diskussion die wenigen harmlosen Fragen mühelos beantworten. Den Tagungsleiter, der alle Vortragssektionen moderierte, kannte ich bereits von anderen Veranstaltungen dieser Art – und also auch seine Witzchen. Er scheute sich nicht einmal, eine Anekdote von Alfred Polgar für sich zu reklamieren. Mit Blick auf den Tagungsordner palaverte er: »Nicht verleihen! Sonst geht es Ihnen so wie mir. Ich hab kürzlich ein entliehenes Buch von einem Freund in einem erbarmungswürdigen Zustand zurückbekommen. Und wissen Sie, was ich getan habe? Ich hab dem Entleiher eine Ölsardine geschickt und dazu geschrieben: ›Hiermit erlaube ich mir, Dir Dein Lesezeichen zurückzugeben‹«. Das homerische Gelächter, das er für diese geklaute Pointe erntete, bestätigte wieder mal den Lehrsatz »Besser gut abgeschrieben als schlecht selber erfunden!« – das war die Devise meines ersten Vorgesetzten gewesen, als ich, frisch von der Uni kommend, in das kühle, aber seinerzeit recht wenig bewegte Wasser einer zugleich profitorientierten, aber wenig innovationsfreundlichen Branche geworfen wurde.

Der nächste Tag hielt, bevor er recht begonnen hatte, einige überraschende Erkenntnisse und Entdeckungen für mich bereit. Zunächst stellte ich fest, dass meine Nahrungsmittelvorräte besorgniserregend geschrumpft waren – seit dem missratenen Biereinkauf war ich nicht mehr einkaufen gewesen. So bestand mein Frühstück neben einem Becher Kaffee nur aus zwei Scheiben Knäckebrot, die laut Herstellerangabe längst hätten verzehrt werden sollen und die ich mit den kümmerlichen Resten einer ebenfalls nicht gerade taufrischen Erdbeerkonfitüre bestrich. Dabei fiel mir meine geliebte Oma ein, die mich mit den immer gleichen Worten »Nun kratz doch nicht so, Bübchen!« dazu angehalten hatte, den Brotaufstrich großzügig einzusetzen. Aber im Käsefach des Kühlschranks lag tatsächlich noch ein in Würde gealterter Rest des Saint-Nectaire, den ich immer zu einem meiner Gehaltsstufe absolut nicht angemessenen Preis von der besten Käsetheke der Stadt bezog. Ohne jegliche Skrupel ließ ich das ganze Stück auf der Zunge zergehen und entkam damit für einige Momente der tristen Welt der Fritsches und Bernhardts in die ferne Auvergne.

Diese Entrückung hielt jedoch nicht lange an. Das lag zum einen an der banalen Realität der verstreuten Krumen, die ich mit den Händen in die leere Packung hineinfegte, wobei mein Blick auf die Aufschrift fiel: »In der Tradition der *Ersten Deutschen Knäckebrotwerke Dr. Wilhelm Kraft* in Berlin-Lichterfelde, gegründet 1927«. So alt waren die soeben genossenen Scheiben nun zum Glück doch noch nicht gewesen. Zum anderen blätterte ich nebenher die Morgenzeitung durch, wobei ich natürlich nach dem Namen Nollmann Ausschau hielt – vergeblich. Es war wohl die erste Ausgabe nach seinem Tod, die ihn vollständig ignorierte. Mir fiel ein, dass Mittwoch war – heute fand die Bestattung statt. Ich verbot mir den Gedanken, dass die für Nollmann zuständigen Journalisten in der gleichen Situation waren wie Sportreporter – am Dienstag ist Sauregurkentag, am Mittwoch spielt die Champions League auf.

Was aber meine Seelenruhe am meisten störte, waren die Johnny-Friedlaender-Drucke. Was wussten die Kriminalbeamten darüber, von wem wussten sie es, was folgerten sie daraus, und warum hatte Fritsche sich bei unserem langen Gespräch diese Geschichte als Schlusspointe aufgespart?

Ich fuhr mit dem Auto zur Arbeit, weil ich nach Feierabend mal wieder meine Lebensmittelvorräte aufstocken wollte, und versuchte, mir mit Musik ein wenig Entspannung zu verschaffen. Dies war nicht mit dem Anhören eines Radiosenders zu bewerkstelligen, im Gegenteil – die notorisch überdrehte Munterkeit der Dampfplauderer auf den fröhlichen Wellen ist mir ein Gräuel. Im CD-Spieler steckte »Help« von den Beatles und setzte mit »You Like Me Too Much« ein, einem Song von George Harrison. Ich hatte dieses Stück sicherlich schon Hunderte von Malen gehört, aber zum ersten Mal fiel mir auf, dass der Refrain in dem Lied »New York Mining Disaster 1941«, einem Hit aus dem Jahre 1967, kongenial nachempfunden worden war. Tja – »Besser gut abgeschrieben…«

Der erste Anruf dieses Tages kam von Frau Schöning, Krolls Sekretärin. Sie vertrat Königin Beatrix, die Nollmann auf seinem letzten Gang begleitete, und setzte mich davon in Kenntnis, dass mich Lohnert am Nachmittag, nach Rückkehr von der Trauerfeier, zu sprechen wünschte. Meine ungehörige Frage, ob sie mir einen ungefähren Zeitpunkt nennen könne, beantwortete sie mit einem brüsken »Nein!« und fügte noch hinzu, dass auch Kroll mich zu sprechen wünsche, dieser aber plötzlich erkrankt sei.

Kroll plötzlich erkrankt, am Tag der Nollmann-Bestattung? Der kam doch sonst auch »mit dem Kopf unter dem Arm« ins Büro, wenn es sein musste!

Natürlich war ich sofort wieder alarmiert. Was war so dringlich, dass Lohnert sogar an diesem Tag unbedingt mit mir sprechen wollte? Weniger besorgt war ich darüber, dass ich sehr leger gekleidet war. Lohnert dachte in dieser Hinsicht differenziert und pragmatisch zugleich – wenn jemand zur Weihnachtsfeier in dunklem Anzug und braunen Schuhen erschien (was speziell bei den Spitzen des Außendienstes immer zu befürchten war) schüttelte es ihn förmlich, aber an normalen Arbeitstagen gab es unterhalb der Vorstandsebene und außerhalb von Kundenkontakten für ihn keinen Dresscode, weswegen er sich auch über die »Casual Friday«-Idee seines Kollegen Wagner seinerzeit köstlich amüsiert hatte.

Für den Notfall hatte ich auch immer eine ziemlich neutrale Krawatte im Büroschrank hängen, die mit meinem dunklen Oberhemd kompatibel war. Der Spötter Jörg Bernhardt hätte mich in diesem Outfit allerdings wieder aufgezogen. »Mit dieser Kombination bist Du wieder mal das Prachtexemplar eines waschechten Hosenträger-Sozialdemokraten«, pflegte er zu spotten, und ich tat ihm dann nicht den Gefallen zu fragen, was dunkles Hemd und schlichte Krawatte mit Hosenträgern und Sozialdemokratie zu tun hatten.

16

Als ich mit meinem Kaffee-Tee-Doppelpack aus der Teeküche zurückkam, klingelte mein Telefon schon wieder. Es war Martin Blumberg. »Gratuliere«, rief er mir durch's Telefon zu. »Wozu denn?«, fragte ich völlig ahnungslos zurück. »Na, hast Du denn heut noch nicht in die Zeitung geguckt?« Ich war überrascht und beunruhigt zugleich – was hatte denn die Presse über mich zu berichten? Brachten die mich etwa auch mit Nollmanns Tod in Verbindung? Hatte vielleicht sogar Harald Romeike mich zitiert? Aber das hätte mir doch beim Durchblättern auffallen müssen! Blumberg fuhr fort: »Du bekommst einen Sonderpreis! Ist doch toll!« Und als ich immer noch nicht begriffen hatte, worum es ging, nannte er mir die Seite 17, im Sportteil. Ich dankte für den Hinweis, legte auf und holte die Zeitung aus meiner Tasche. Und dann sah ich es – die Zeitung hatte vor einigen Wochen unter der Überschrift »Unsere Zwölf« dazu aufgerufen, unter zwölf Fußballgrößen den, wie es hieß, besten Kicker aller Zeiten auszuwählen. Unter allen Einsendern, die den Sieger dieser Umfrage benannt hatten, sollten zwölf Preisträger ausgelost werden. Ich hatte keinen der vorgegebenen Namen eingesandt, sondern natürlich Alfredo di Stéfano sowie Ademir de Menezes und Nándor Hidegkuti benannt und ihre Nominierung begründet. In dem Artikel hieß es nun, dass man sich entschieden habe, einen eigentlich nicht vorgesehenen Sonderpreis für eine besonders originelle Zuschrift zu verleihen, und dieser gehe an den Leser Jürgen R. Der habe unter anderem für den ungarischen Fußballer Hidegkuti votiert, dem Seppl Herberger im WM-Endspiel von 1954 Horst Eckel als Aufpasser verpasst und dabei diesen mit dem Befehl versehen habe, ihm notfalls bis auf die Toilette zu folgen.

Mein Gewinn war ein Trikot der deutschen Elf mit den Unterschriften aller aktuellen Nationalspieler. Wenn ich es mir hätte aussuchen können, wäre mir ein Trikot meines heimatlichen TSV mit der Unterschrift von Wulle lieber gewesen. Der kickte und köpfte sicher längst bei den Alten Herren, wenn überhaupt noch.

Mein Handy zeigte an, dass eine SMS eingegangen war. Noch eine Gratulation zum gewonnenen Trikot? Nein, wohl kaum – im Display wurde der Name Sabine angezeigt. Sofort erhöhte sich die Taktzahl meines Herzschlages – ich hatte seit Wochen keine SMS mehr von ihr erhalten. Der kurze Text der SMS war unerwartet und alarmierend zugleich und leider nicht eine bei diesem Medium und dieser Absenderin heimlich erhoffte Sympathiebekundung: »Jörg Bernhardt verlässt das Unternehmen! S.«

Ja – wie viele Hiobsbotschaften, Tatarenmeldungen und Latrinenparolen sollte ich an diesem Tag denn noch verkraften? Die Meldung war überraschend, fürwahr, aber sie hätte mich normalerweise nicht erschüttert. EDV-Spezialisten wie Bernhardt waren gefragt, und vermutlich würde er sogar in einer kleinen Software-Klitsche mehr verdienen als gemäß Verdi-Tarifvertrag für Versicherungsangestellte bei uns, ganz zu schweigen davon, was der Verkauf oder Börsengang einer Garagenfirma ihm im Erfolgsfall einbringen würde.

Aber angesichts der jüngsten Ereignisse war dieses abrupte Ausscheiden für mich ein Schock und eine Sensation zugleich. Warum hatte er mich nicht darüber informiert? War er vielleicht gestern zu mir gekommen, um mich in seine Absichten einzuweihen?

Ich hätte ihn ja einfach anrufen oder ihm eine E-Mail oder eine SMS schicken können, aber ein Gefühl des Misstrauens und der Verunsicherung hielt mich davon ab. Mir erschien es besser, von mir aus zunächst einmal keinen Kontakt zu ihm aufzunehmen.

Ich traute mich auch nicht, bei Sabine nachzufragen. Sie hatte von Bernhardts Ausscheiden sicherlich im Rahmen ihrer Tätigkeit für Sommer erfahren, und es musste ihr schon sehr schwergefallen sein, in einem Akt der Illoyalität die Vertraulichkeit dieser Information zu ignorieren und mich einzuweihen. Oder zu warnen?

Ich schaute in meine Mailbox, die ein gutes Dutzend ungelesener Mails enthielt. Eine stammte von meinem Bruder, von dem ich schon längere Zeit nichts mehr gehört hatte. Noch eine Schreckensmeldung? War er mal wieder bei einem Triathlon vom Fahrrad gefallen? Ich öffnete die Mail und war erleichtert, dass er mich nur wissen ließ, dass er die Zeitungsmeldung zu der »Großen Zwölf« gelesen hatte. »Typisch Jürgen, der Fußball-Eskapist«, kommentierte er meinen Beitrag und unterschrieb mit »Cedemir«. Das war eine Reminiszenz an die Zeiten, als wir zu zweit auf irgendwelchen Wiesen gekickt hatten und ich, damals schon ein Bewunderer der Fußballkunst von Ademir, ihn als »Bedemir« oder eben »Cedemir« verspottet hatte, wenn er mich, wie so oft, ausgespielt hatte, den Ball dann aber neben mein von zwei krummen und windschiefen Zweigen gebildetes Tor schoss. Mir war nicht nach einer ausführlichen Antwort zumute, und ich rettete mich mit einem anderen unserer Codes über die Runden: »Ja, ja, der Kindheit glückliche, unschuldige Spiele«, zitierte ich den alten Gren aus den Kalle Blomquist-Bänden von Astrid Lindgren. Nun ja, der alte Gren wurde ermordet, aber mein ziemlich angefressenes Selbstbewusstsein reichte gerade noch aus, um zumindest dieses Ende der Affäre Nollmann für mich auszuschließen. Ich ahnte nicht, dass es noch viel Arbeit und Ärger für den Meisterdetektiv Blomquist geben würde.

17

Kurz nach vier klingelte das Telefon – es war der erwartete Anruf, aber am anderen Ende der Leitung war nicht Barbara Schöning, sondern Hertha Gabler. Sie verschwendete nur drei Wörter – »Sie können hochkommen!«, und dies mit einer derartig barschen Stimme, dass ich versucht war, ihr »D hoch 3« in der englischen Version zu interpretieren – Dirty, Dangerous and Demeaning. War diese Schroffheit ihre Art, um über den Tod ihres langjährigen Chefs hinwegzukommen? Ich wand mir die Krawatte um den Hals und stürmte hinauf in die Vorstandsetage. Auf mein Klopfen reagierte sie mit einem gereizten »Ja!«, und ich fragte mich, ob sie zusammen mit Nollmann wohl auch ihre Disziplin begraben hatte. Ich betrat ihr Heiligtum, und sie hatte nun nicht einmal mehr ein Wort oder einen Blick für mich übrig, sondern zeigte mir nur mit einer raschen Neigung des Kopfes in Richtung Zwischentür, was ich zu tun hatte.

Ich klopfte erneut und hörte auf der anderen Seite ein überraschend munteres »Kommen Sie!« Lohnert empfing mich mit freundlicher, fast strahlender Miene und einer ausladenden Armbewegung, die ich als Aufforderung deutete, mich auf den Stuhl vor seinem Schreibtisch zu setzen. Er hatte die schlichte schwarze und jedenfalls sündhaft teure Krawatte, vermutlich ein Modell von Lorenzo Cana, gelockert. War das nun seine Art, mit dem Tod seines langjährigen Kollegen Nollmann fertig zu werden? »Kaffee?« fragte er, und als ich bejahte, holte er eine Tasse aus dem Sideboard neben dem Schreibtisch und schenkte mir Kaffee aus einer großen silbernen Kanne ein, die in früheren Zeiten wahrscheinlich nur der Butler betätigt hatte. »Nehmen Sie sich

Zucker, Milch…? Aber was machen Sie denn für ein Gesicht? Sie erinnern mich an Tucholsky.« Allmählich hatte ich das Gefühl, in einem Irrenhaus, zumindest aber im völlig falschen Film zu sein. »Tucholsky?«, fragte ich ahnungslos und versuchte, mir darauf irgendeinen Reim zwischen »Rheinsberg« und »Schloss Gripsholm« zu machen. »Ja«, fuhr Lohnert mit ungebrochener Leutseligkeit fort, »von dem stammt doch das schöne Eingeständnis ›Ich sehe diesem Tag mit einigen vollen Hosen entgegen‹ – genau so sehen Sie auch aus.«

Ich konnte mich natürlich gegen diesen Spott nicht wehren, aber das war mir jetzt auch weniger wichtig als ein leiser Verdacht, der sich in mir regte. Lohnert war bei langjährigen Mitarbeitern bekannt, um nicht zu sagen berüchtigt für das von ihm gern praktizierte Spiel des »Wasserfärbens« – so nannte er es angeblich selber. Das bedeutete, dass er jemandem das Gefühl des Einvernehmens und der Vertraulichkeit vermittelte, ihm unter dem Siegel der Verschwiegenheit eine angeblich nur für diesen bestimmte, streng geheime Information zukommen ließ und dann abwartete, ob und wie sich diese in der Belegschaft verbreitete. Gerüchte besagten, dass auf diesem Wege schon etliche Karriereknicks herbeigeführt worden waren.

Und da ging es auch schon los. »Herr Rieger, ich möchte einige wichtige Punkte im Zusammenhang mit dem Tod von Herrn Nollmann mit Ihnen besprechen, und zwar in aller Offenheit. Ich setze dabei auf Ihre Loyalität. Sie sind der erste, den ich so umfassend ins Bild setzen werde. Nicht einmal die Vorstandskollegen kennen den gesamten Sachverhalt.« Wie sollte ich darauf reagieren? Mehr als ein klammes »Ja, gern!« brachte ich nicht heraus.

»Zunächst einmal«, fuhr er fort »wissen wir immer noch nicht, warum Nollmann sich umgebracht hat. Es gibt keinen Abschiedsbrief und auch sonst keine Hinterlassenschaft und keine Information, die irgendeinen Aufschluss geben könnte. Das vorweg. Daraus folgt zugleich, dass alle Anhaltspunkte, die wir in den letzten Tagen ermittelt haben, möglicherweise durchaus stichhaltig waren, aber nach gegenwärtigem Kenntnisstand als direkter Anlass für den Suizid ausscheiden.«

Er machte eine kurze Pause, die ich nicht zu unterbrechen wagte, und fragte mich dann unvermittelt: »Sie sind mit Jörg Bernhardt befreundet?« Ich stutzte kurz – mit dieser Frage hatte ich nicht gerechnet, und natürlich hatte ich die SMS von Sabine im Hinterkopf. »Befreundet würde ich das nicht nennen«, antwortete ich dann, »wir haben ein paar gemeinsame Interessen, und wir haben zusammen in unserer Firmenmannschaft Fußball gespielt.« Lohnert fixierte mich und sagte dann in leicht verändertem, pronociertem Tonfall: »Ja, ja – Sie sind so ein Fußballenthusiast. Bernhardt hat unser Haus verlassen. Er hat versucht, gegen Nollmann zu intrigieren, und er hat ja auch Sie in sein falsches Spiel einbezogen. Ein verschlagener Bursche mit hoher krimineller Intelligenz.« Und dann fügte er das Puzzle der gegen Nollmann gerichteten Bernhardtschen Aktionen vor mir zusammen.

Jörg Bernhardt hegte aus Gründen, die Lohnert nicht nannte und vielleicht auch nicht kannte, einen tiefen Hass gegen Nollmann, den er nicht nur vor mir gut verbarg. Er hatte sich in den Kopf gesetzt, Nollmann so zu desavouieren, dass er als Vorstandsvorsitzender nicht mehr tragbar war, und hatte dazu drei Spuren verfolgt – die Möglichkeit, dass sich Nollmann erstens durch eigene Versicherungsverträge in krimineller Weise bereicherte, dass er zweitens verbotswidrig bei der Vermittlung von Versicherungen für Dritte mitverdiente und dass er sich drittens von Kunsthändlern und Antiquaren bestechen ließ, bei denen er Kunstwerke und sonstige Wertgegenstände für das Unternehmen erwarb.

Jörg Bernhardt hatte in raffinierter Weise verschiedene Personen für diesen Plan eingespannt, hatte mal hier, mal dort, manchmal eher beiläufig und manchmal mit Nachdruck Gift gegen Nollmann versprüht – und keiner war ihm dabei so gründlich und tollpatschig auf den Leim gegangen wie ich.

So tollpatschig, dass Nollmann es gemerkt hatte und sich sogar dazu hinreißen ließ, sich an meinem Computer zu vergreifen?

»Ist ja alles schon mal vorgekommen«, schloss Lohnert, wobei er offen ließ, ob er dies nur ganz allgemein oder auch mit Blick auf Nollmann oder mich feststellte. »Tja, und Sie waren sozusagen im Auge dieses Hurricanes, der über unser Haus und über das Leben des Kollegen Nollmann hinweggefegt ist, Herr Rieger«, fügte er, nun wieder mit neutraler Stimme und jovialer Geste, noch hinzu. »Und, um auch das nicht zu vergessen – die Kripo hat erstklassige Arbeit geleistet und sich dabei absolut diskret verhalten. Es stand nichts Schädliches in der Zeitung, und Ducke wird schon dafür sorgen, dass mit einem kurzen Bericht über die – übrigens sehr würdevolle – Trauerfeier auch publizistisch ein Schlussstrich gezogen wird.«

Er machte dabei ein Gesicht, als hätte er gerade bei einer Bilanz-Pressekonferenz über ein überaus erfolgreiches Jahresergebnis berichtet.

Ich durfte gehen und zweifelte nicht im Geringsten an seiner Prognose. Doch schon wieder hatte ich mich gründlich getäuscht.

18

»Na, war's denn a schöne Leich?«, waren die ersten Worte, die ich am nächsten Morgen hörte – gesprochen von Harald Romeike, der mich mit seinem Anruf beim diesmal nicht so frugalen Frühstück aufgeschreckt hatte. »Ich war gar nicht dabei«, antwortete ich, »das Spektakel blieb dem engsten Familienkreis und einigen Honoratioren vorbehalten. Eine Trauerfeier in der Firma soll noch folgen, ist aber noch nicht einmal terminiert. Und ich kann mir auch gar nicht vorstellen, dass Lohnert große Lust darauf hat – so dick ist der Schlussstrich, den er mir gegenüber gestern nachmittag unter die ›Affäre Nollmann‹ gezogen hat.« – »Was, Du hattest ein Privatissimum beim Alten?«, setzte Romeike seine Befragung in amüsiertem Tonfall fort. Ich versuchte, seine aufgekratzte Stimmung herunterzudimmen, und berichtete ihm so sachlich und knapp wie möglich von meinem gestrigen Gespräch mit Lohnert. »Und das soll alles auf die Machenschaften von Deinem Kumpel Jörg Bernhardt zurückgehen?«, fragte Romeike zweifelnd. »Ja, so sieht es aus«, entgegnete ich, »er hat wohl seine Insider-Kenntnisse und seine Kontakte benutzt, um in sehr geschickter Weise an verschiedenen Stellen innerhalb und sogar außerhalb des Hauses gegen Nollmann zu intrigieren – ein böses Wort hier, eine kritische Frage da, ein absichtsvoller Versprecher in diesem Zusammenhang, ein Schlag unter die Gürtellinie bei jener Gelegenheit.« – »Und Du hast Dich bei dieser Intrige als besonders nützlicher Idiot instrumentalisieren lassen!« Romeike konnte oder wollte mir diese Ohrfeige offenbar nicht ersparen. Er hatte ja nicht Unrecht, und ich hatte keine Lust, mich mit ihm zu streiten, daher gab ich klein bei. »Ja, ja – ick könnt ma peitschen, wie der Lateiner sagt. Aber ich möchte jetzt wirklich nichts mehr mit diesem Zeug zu tun haben – Nollmann ist tot, Friede seiner Asche, und Bernhardt ist weg. Ich habe fertig!« – »Wohl noch nicht ganz.« Romeike war unerbittlich, machte aber jetzt eine bedeutungsvolle Pause.

Als ich nicht auf seine Bemerkung einging, rückte er schließlich mit der Information heraus, die der wahre Grund seines Anrufes zu früher Morgenstunde war. »Nollmann war schwul!« Das saß. »Das heißt,… dann gibt es also möglicherweise doch einen Anlass für seinen Selbstmord, der mit der Firma nichts zu tun hat?« – »Ja und nein. Er könnte ja erpressbar gewesen sein wegen seiner exponierten Stellung. Oder so ähnlich.« – » Und woher weißt Du das?« – »Kennst Du noch Müller-Wrede?« – »Das war doch der Vorgänger von Ducke, oder? Lebt der noch? Der müsste doch uralt sein.« Romeike schien nachzuzählen. »Ja, der ist schon weit über achtzig. Lebt noch, hatte in den letzten Jahren alle Krankheiten, an denen ein Mensch normalerweise stirbt, aber erfreut sich immer noch seines Lebens und seines wachen Verstandes. Wohnt auf dem Lande, besitzt kein Radio und keinen Fernseher, hat aber mehr als ein halbes Dutzend Zeitungen und Zeitschriften abonniert, die er täglich liest und anschließend mit Leserbriefen bombardiert.« – »Na ja, die wird er immer noch auf Grund seiner alten Verbindungen kostenlos frei Haus geliefert bekommen! Ihr Journalisten werdet doch ohnehin mit Rabatten und sonstigen Gefälligkeiten aller Art korrumpiert…« – »Ist doch völlig egal. Jedenfalls hat er die Meldungen zu Nollmanns Tod gelesen und mich gestern Abend angerufen. Er kennt Nollmann natürlich, ist ihm aber nicht so wohlwollend zugetan wie Ducke, der mit der journalistischen Muttermilch aufgesogen hat, dass man die Honoratioren der Stadt zu ehren hat. Müller-Wrede fragte mich, ob es mehr Informationen zu Nollmanns Tod gäbe, als er den Zeitungen entnommen hatte, aber mehr als ein paar Kleinigkeiten konnte ich ihm ja nicht bieten. Und dann sagte er, dass er eigentlich immer damit gerechnet hätte, dass Nollmann einmal so enden würde. Natürlich hat mich diese Offenbarung ziemlich überrascht, aber Müller-Wrede hielt auch nicht mit seiner Begründung hinterm Berg. Zu seiner Zeit und in seinen Kreisen habe man gewusst, dass Nollmann schwul war, das habe aber allein schon deshalb keine Rolle gespielt, weil Nollmann seinerzeit noch deutlich unterhalb des Vorstands angesiedelt war und sich damit auch außerhalb des Radars der auf Klatschgeschichten abonnierten Redaktionsmitarbeiter befand. Aber der eitle und mit großem Selbstbewusstsein ausgestattete Nollmann betrieb das, was man Brinkmanship nennt – er hielt sich für so clever und unangreifbar, dass ihm das Spiel mit dem Feuer einen zusätzlichen Kick verlieh. Das hat sich wohl stark verändert, seitdem er ins Top-Management aufrückte, aber er blieb, so der Alte, äußerst gefährdet.« Ich hätte gern noch länger mit Romeike geredet, aber ich musste in die Firma und beendete daher das Telefonat ziemlich abrupt.

19

Dort erlebte ich das, was man wohl als ein Déjà-Entendu-Erlebnis bezeichnen kann, auch wenn es diesmal nicht Martin Blumberg, sondern Birgit Schumacher war, die mich mit einer Neuigkeit schockierte. Ich traf sie, wie so oft, in der Teeküche, wo sie gerade mit einer anderen Mitarbeiterin sprach. Als ich den Raum mit einem – zeitlich leicht verspäteten – Morgengruß betrat, drehte sie sich sofort zu mir um und fragte: »Weißt Du es schon, Jürgen?« Sie sah mir an, dass ich ahnungslos war, und fuhr fort: »Thomas Kroll ist tot. Ermordet.«

Thomas war ja der jüngere Kroll-Sohn, der den mühsamen und vom Vater ungeliebten Weg auf die Bretter, die für manche die Welt bedeuten, angetreten hatte. In einem Anflug von ziemlich bösem Sarkasmus antwortete ich: »War das das letzte Mittel des Alten, ihn von einer Schauspieler-Karriere abzubringen?« Die beiden jungen Damen schauten mich empört an, und Birgit tadelte mich »Ziemlich geschmacklos, Jürgen. Außerdem ist Vater Kroll doch seit gestern krank – er konnte nicht einmal am Nollmann-Begräbnis teilnehmen.« Ich wusste natürlich, dass meine Bemerkung nicht gerade als Musterbeispiel für Sensibilität taugte, aber das lag vor allem daran, dass ich die Hiobsbotschaften, die in den vergangenen Tagen auf mich heruntergeregnet waren, nur noch mit Galgenhumor zu ertragen vermochte. »Entschuldigung«, beeilte ich mich zu sagen, »was ist denn genau passiert?« - »Was genau passiert ist, wissen wir auch nicht«, lautete Birgits schnippische Antwort, »aber meine ungenaue Kenntnis besteht darin, dass Thomas Kroll heute morgen gegen 7 Uhr von einer Spaziergängerin am Rande des Stadtparks aufgefunden worden ist. Vermutlich erwürgt. Angeblich war die Fundstelle aber nicht der Tatort. Sachdienliche Hinweise sind an das Polizeikommissariat Ihres Vertrauens zu richten. Es wird eine Belohnung in Form eines Jahresabonnements für die Landesbühne ausgesetzt.« – »Na, nun wirst Du aber sarkastisch!« wies ich sie in gespieltem Ernst zurecht. Dann schwiegen wir drei uns einen Moment lang an, und ich verließ die Küche mit einem mulmigen Gefühl und meinen inzwischen fertig gestellten Getränken.

Nein, ich würde jetzt nicht zum Telefon greifen und versuchen, mehr über den angeblichen Mord an Thomas Kroll herauszufinden. Ich würde stattdessen meiner Arbeit nachgehen und mir alle Gedanken an den zweiten Todesfall in zehn Tagen verbieten. Es klopfte – Dieter Domrich. Er kam ohne Umschweife zu seinem Anliegen – und dabei ging es zu meiner nicht geringen Überraschung einmal nicht um Mord und Totschlag, sondern um Fußball. Ich hatte zwar meinen kongenialen Dialogpartner zu diesem Thema gerade erst verloren, aber Dieter sorgte dafür, dass ich am Ball blieb. »Du musst mir helfen, Jürgen!« Er schwenkte bei diesen Worten eine Zeitungsseite, die er in der linken Hand hielt; in der rechten hatte er einen Stift. »Nur zu!«, gab ich zurück und erkannte zufrieden meine Chance, auf andere Gedanken zu kommen. »Ich kämpfe hier mit der letzten noch offenen Frage eines Rätsels. Bin im Internet rauf und runter gesurft, aber habe nichts gefunden. Die Frage lautet »Was haben Ille und Erich 1957 verloren? Sag schon, Du Klugscheißer!«

Ich überhörte die Beschimpfung und antwortete: »Na, was sollen die beiden denn schon verloren haben? Ihre Unschuld? Ihren Lottoschein mit sechs Richtigen? Ihre Wahlbenachrichtigungen für die Bundestagswahl?« Domrich wusste offenbar nicht, ob ich mit diesem Spott mein Nichtwissen kaschieren oder ihn auf den Arm nehmen wollte. Ich erlöste ihn aus seiner Ratlosigkeit, indem ich mit leichtem Triumphgefühl hinzufügte: »Es war wohl doch das Fußball-Länderspiel im Mai 1957, den Tag weiß ich allerdings nicht aus dem Kopf, in Stuttgart gegen Schottland, mit 1:3. Erich ist Erich Juskowiak, Fortuna Düsseldorf, und Ille ist Willi Gerdau vom Heider SV, der damals sein erstes und einziges Länderspiel machte. Einer der wenigen Helden, die Dithmarschen neben Fritz Thiedemann hervorgebracht hat. Du wirst doch wohl wenigstens seinen berühmten Holsteiner Wallach Meteor kennen?! Ach ja, Jill Sander soll auch von dort kommen.«

Domrich machte sich kopfschüttelnd ein paar Notizen, brachte dann nur noch ein »Danke, ich prüf das nach!« heraus und verließ fluchtartig mein Büro. Ich hatte nicht einmal die Gelegenheit, ihn auf den neuesten Todesfall anzusprechen, und er hatte offenbar noch nichts davon mitbekommen.

Ich sichtete als nächstes die zuletzt eingegangenen E-Mails, von denen ich einige sofort routinemäßig beantworten konnte. Aber der Gedanke an den Kroll-Mord ging mir doch nicht aus dem Kopf. Ich klickte die Internet-Seiten der Landesbühne an, auf denen die Mitglieder des Ensembles aufgelistet und abgebildet waren. Ein wenig unter »Ferner liefen« erschien Thomas Kroll, mit einem Foto, bei dem er seinem Vater wie aus dem Gesicht geschnitten war. Beim Anblick dieses Konterfeis hätte es bei mir »klick« machen müssen, tat es aber nicht.

Stattdessen vernahm ich das Signal meines Handys, das eine eingegangene SMS meldete. »Die Polizei ist wieder im Haus. Du weißt ja sicher, warum. Sie werden auch zu Dir kommen.« Sabine brachte also doch immer noch so etwas wie Fürsorglichkeit für mich auf. Ich fragte mich, woher sie über die Absichten der Polizei so gut Bescheid wusste – später erfuhr ich, dass Sommer darauf bestanden hatte, in seiner Eigenschaft als Betriebsratsvorsitzender vorab zu erfahren, wen die Polizei sprechen bzw., in seinem Verständnis, verhören wollte. Offenbar hatte man ihm um des lieben Friedens willen eine Liste mit Namen ausgehändigt, die zuvor auch schon der Personalchef erhalten hatte.

Von dem Zeitpunkt dieses Agreements an musste sich die Nachricht von der Ermordung Thomas Krolls wie ein Lauffeuer verbreitet haben. Als ich in die Teeküche ging, war weder dort noch auf den Gängen irgendjemand anzutreffen. »Ruhe der Rechtspflege«, dachte ich bei mir – der Schock bei den Mitarbeitern saß vermutlich noch tiefer, als es bei der Nachricht von Nollmanns Ableben der Fall gewesen war. Ich hatte keine Lust auf Kantinengespräche und nahm mir als improvisierten Mittagsimbiss zwei Becher Joghurt mit in mein Zimmer – dort musste sich auch noch ein Rest trockener Kekse in einer Schublade befinden.

20

Eine gute Stunde später – mein Telefon hatte die ganze Zeit geschwiegen – klopfte es energisch an meiner Tür, und auf mein »Ja, bitte!« betrat Hauptkommissar Söhnlein im Sturmschritt mein Zimmer. Zum Glück war ich dank der SMS von Sabine auf sein Erscheinen vorbereitet. Obwohl ich ein ungutes Gefühl hatte, konnte ich ein Grinsen nur mit Mühe unterdrücken – diese enorme Leibesfülle in Kombination mit seiner Fistelstimme, die sofort einsetzte, das war mehr leichter Slapstick als harter Krimi. »Hallo«, sagte er knapp, und bevor ich ihm einen Stuhl anbieten konnte, hatte er sich schon, leicht ächzend, niedergelassen. Er fixierte mich kurz, und ich hoffte inständig, dass mein Gesichtsausdruck vom ungewollten Grinsen in einen ernsthaften Modus gewechselt hatte, zumal er sofort mit der Tür ins Haus fiel. »Wir kennen uns ja. Und wir reden jetzt über einen zweiten Todesfall. Kannten Sie Thomas Kroll?« War dieses Stakkato Teil einer Überrumpelungsstrategie? Ich bemühte mich, so ruhig und sachlich wie möglich zu antworten. »Ich kannte ihn als Sohn unseres Vorstandes Kroll und als Schauspieler an der Landesbühne. Persönlich getroffen habe ich ihn vielleicht zwei- oder dreimal.« – »Aus welchem Anlass?«, legte Söhnlein sofort nach. »Irgendwelche Veranstaltungen hier im Hause, zu denen er seinen Vater begleitet hat. Herr Kroll ist ja Witwer.« Söhnlein ließ nicht locker. »Wann zum letzten Mal?« Ich überlegte kurz. »Das muss Monate her sein. Vielleicht bei der letzten Weihnachtsfeier.« – »Was wissen Sie über ihn?« Eine merkwürdige Frage, fand ich und fühlte mich in dieser Verhör-Situation immer unbehaglicher. »Na ja – außer, dass er Krolls Sohn ist und Schauspieler hier am Theater, weiß ich so gut wie gar nichts über ihn.« Ohne, dass mir ein Grund dafür bewusst war, verschwieg ich die Tatsache, dass der alte Kroll versucht hatte, seinen Sohn von der Schauspielerei abzubringen. »Sie haben in unserem Gespräch nach dem Tod von Nollmann ausgesagt, Sie seien sofort nach dem Ende des Geschäftsessens mit dem Taxi nach Hause gefahren. Sie erinnern sich?« Dieser in beiläufigem Ton daherkommende Schwenk des Gespräches war völlig unerwartet und alarmierte mich. Was hatte das Geschäftsessen mit dem Mord an Thomas Kroll zu tun? Warum spielte es eine Rolle, dass ich gleich nach dem Essen mit dem Taxi heimgefahren war? Ich bemühte mich, ruhig zu bleiben und einen kühlen Kopf zu bewahren, und antwortete betont sachlich »Ja, ich erinnere mich.«

Jetzt zückte Söhnlein die Trumpfkarte, die er sich wohl ganz bewusst bis zu diesem Zeitpunkt unseres Gesprächs, das für mich nun ganz eindeutig den Charakter eines Verhörs bekam, aufgespart hatte. »Es liegt eine anonyme Anzeige vor. Jemand behauptet, Sie hätten nach dem Essen zunächst ein Lokal in der Innenstadt aufgesucht.« Ich war wie vor den Kopf geschlagen. Wer konnte dieser Informant gewesen sein? Welchen Grund hatte er für diese falsche Anschuldigung? Und wie hing diese Denunziation mit dem Mord an Thomas Kroll zusammen? Ich zwang mich, so besonnen wie möglich zu reagieren. »Das stimmt nicht. Und das lässt sich ja auch ganz einfach widerlegen!« – »Dann widerlegen Sie mal.« Söhnlein lehnte sich behaglich zurück, und zum ersten Mal bekam seine hohe Stimme eine gewisse Schärfe.

»Na ja, ich hab ja die Taxiquittung, und es wird für Sie ja auch eine Kleinigkeit sein, auf Grund meiner Zeit- und Ortsangaben den Taxifahrer ausfindig zu machen.« Kaum hatte ich diese süffisante Anspielung auf seine kriminalistischen Möglichkeiten gemacht, da tat sie mir auch schon wieder leid, und Söhnlein zögerte keine Sekunde, sie mir heimzuzahlen. »Die Quittung würde mir reichen. Wo haben Sie sie?« Ja, wo hatte ich sie? Ich musste überlegen.

Es ist mein Grundsatz, mich im Bereich der Spesen äußerst

korrekt zu verhalten und Spesenrechnungen zügig einzureichen. In diesem Fall verhielt es sich allerdings so, dass ich nicht wegen der paar Euro einen Spesenantrag ausfüllen und lieber warten wollte, bis noch weitere Positionen aufliefen. Aber wo hatte ich die Quittung abgelegt? Ich konnte mich nicht daran erinnern, sie nach dem Betreten meiner Wohnung noch einmal in der Hand gehabt zu haben, und im Büro hatte ich sie mit Sicherheit nicht abgelegt. Und nach der Nachricht von Nollmanns Tod hatte ich alles Mögliche im Kopf gehabt, aber keinen Moment an die Quittung oder an eine Abrechnung gedacht. Am wahrscheinlichsten war, dass ich sie nach der Bezahlung in die Innentasche meines Jacketts gesteckt hatte und dass sie sich auch immer noch dort befand.

»Die liegt bei mir zu Hause«, antwortete ich tapfer, »reicht es, wenn ich sie morgen mit ins Büro bringe oder bei Ihnen auf dem Kommissariat abgebe?« Glitt da ein triumphierendes Lächeln über Söhnleins pausbäckiges Gesicht? »Ja, schon recht, bringen sie sie morgen mit, wir werden auf alle Fälle wieder hier im Hause sein.« Die Wandlungsfähigkeit von Söhnleins Fistelstimme war beeindruckend und in dieser Situation ziemlich einschüchternd. Während er den ersten Teil seiner Antwort noch mit großzügigem Unterton wie ein Countertenor modulierte, verlieh er dem zweiten mit beinahe zischendem Klang eine drohende Färbung.

Er erhob sich schwerfällig. »Tja, das ist wie in diesem Film mit Ingrid Bergmann und Humphrey Bogart; Casablanca, oder?« Was meinte er damit? »Denken sie an ›Schau mir in die Augen, Kleines?‹ Das ist doch falsch übersetzt und…« – »Nee«, unterbrach er meine allzu forsche Antwort, »ich meine…« – »Verhaftet die üblichen Verdächtigen?« Mich stach der Hafer. »Auch nicht.« Das kam nun schon ziemlich unwirsch. »Play it once, Sam. For old times' sake.« Es ging nicht anders, ich musste ihm sein Unwissen – bzw. meine überlegene Kenntnis – unter die Nase reiben. »Nein, nein.« Nun zückte ich mein Trumpf-As: »›Ich glaube, dies ist der Beginn einer wunderbaren Freundschaft.‹ Meinen Sie das?« Er bekam einen merkwürdigen Gesichtsausdruck, dem nicht zu entnehmen war, ob er meine Zitatenflut eher eindrucksvoll oder einfach nur unverschämt fand. Dann drehte er sich rasch weg, verließ mein Büro und schloss fast geräuschlos die Tür hinter sich.

    War das nun ein Verhör gewesen? Oder eine Vernehmung? Mir fiel ein, dass ich nicht einmal den Unterschiede zwischen diesen beiden Begriffen kannte.

21

Es wäre übertrieben zu sagen, dass er mich wie ein Häufchen Unglück zurückließ. Aber ich war, trotz meines intellektuellen Aufbäumens gegen Ende unserer Unterhaltung, doch ziemlich hilf- und ratlos. Auf meine Arbeit konzentrieren konnte ich mich in diesem Zustand nicht – ich hätte allenfalls einige schlicht verwaltende Tätigkeiten durchführen können, aber deren aktuellen Fundus hatte ich in den letzten Tagen, in ähnlichen Phasen der Lähmung oder Lethargie, schon weitgehend erschöpft. Auf dem Tisch und in der Mailbox warteten stattdessen einige anspruchsvollere Aufgaben, die ich aber an diesem Nachmittag auf keinen Fall mehr in Angriff nehmen konnte und wollte.

Auf dem Gang vor meinem Zimmer hörte ich jetzt wieder Schritte und Stimmen, aber ich hütete mich, in meiner augenblicklichen Verfassung freiwillig mit meinen Kolleginnen und Kollegen Kontakt aufzunehmen. Und dann traf ein bohrender Gedanke mitten in meine diffuse Gefühlswelt: Wer hatte diese falsche Behauptung gegenüber der Polizei aufgestellt? Und warum wurde die Falschaussage in einen Zusammenhang mit der Ermordung von Thomas Kroll gebracht? Glaubte die Polizei wirklich, dass ich mit dem Selbstmord von Nollmann und dem Mord an dem jungen Kroll irgendetwas zu tun hatte? Oder hatte Söhnlein mir nur ein paar Stöckchen hingehalten und ebenso neugierig wie lustvoll beobachtet, ob ich über diese springen und stolpern würde?

Mir kam Sabine in den Sinn, diese nach Trésor duftende, neuerdings mit einem Tattoo-Herzen geschmückte, von meinem ewigen Besserwisser-Habitus enttäuschte Frau, die ich mir vergeblich aus dem Kopf geschlagen hatte und an der ich immer noch mehr hing, als ich mir einzugestehen wagte. Ich griff zum Handy und tippte eine SMS ein: »Kojak was here. Jemand hat behauptet, ich sei nach dem Essen mit Nollmann nicht nach Hause gefahren. Warum warst Du nicht bei mir, um das zu widerlegen? Feel like a nowhere man, sitting in my nowhere land, making all my nowhere plans for nobody. J.«

Ich verließ mein Büro ungewöhnlich früh, traf auf dem Weg zu meinem Fahrrad niemanden, der mich auf die jüngsten Ereignisse ansprach, und fuhr auf direktem Weg nach Hause. Das Abendessen, schmeckte mir nicht, obwohl in der Tagesschau erwartungsgemäß nichts über den Kroll-Mord gebracht wurde. Der letzte Bericht vor dem unvermeidlichen Ausblick auf das Wetter zeigte einen wohlgenährten Landesvater, der zur Eröffnung einer Messe für Nahrungs- und Genussmittel schmunzelnd demonstrierte, wie viele Käsewürfel in einen menschlichen Körper hineinpassen. Nachdem die Wetterfee für die kommenden Tage die schrecklichen Auswirkungen von drei aufeinanderfolgenden Atlantik-Tiefdruckgebieten in Aussicht gestellt hatte, kündigte der Tagesschau-Sprecher aus aktuellem Anlass eine Programmänderung an: »In der Sahel-Zone droht eine neue Hungerkatastrophe.«

Später legte ich »Rubber Soul« auf – was wollte ich damit bewirken? Als Nummer 4 auf Seite 1 kam der »Nowhere Man« daher, aber Sabine meldete sich nicht. Hatte ich das wirklich erwartet? Aber, oh Wunder – Track 6, Side 2, »If I Needed Someone«, das bis dahin beste Stück von George Harrison, mit unüberhörbaren Anklängen an die »Bells Of Rhymney« von den Byrds – da zeigte der Handy-Ton den Eingang einer SMS an: »Don't Worry, Baby. S.« Es war Zeit, ins Bett zu gehen.

22

Vor dem Aufwachen am nächsten Morgen quälte mich ein Alptraum, den ich als Endlosschleife wahrnahm. Ich befand mich in einem karg möblierten Raum, vor einer Wand stehend oder an diese gelehnt, und um mich herum stand eine Gruppe von Männern, von denen keiner mich an eine mir bekannte Person erinnerte. Sie wollten wissen, wer ich war – ich sollte es sagen, ich sollte mich ausweisen, ich sollte Menschen benennen, die mich identifizieren konnten. Und jedes Mal, wenn ich glaubte, ihren Wissensdrang befriedigt zu haben, ging die Inquisition von neuem los – »Wer sind Sie? Nun rücken Sie schon raus mit der Sprache!«

Als der Wecker mich von dieser Tortur erlöste, fühlte ich mich wie gerädert. Es lag nahe, diesen Traum mit den Einvernahmen durch die Kriminalbeamten in Verbindung zu bringen, aber die Quälgeister meines Alptraums hatten keinerlei Ähnlichkeit mit Söhnlein oder Fritsche. Ich war immer noch benommen, als mir einfiel, dass in der berühmten Schlussszene von »Spiel mir das Lied vom Tod« Henry Fonda seinen Widerpart Charles Bronson mehrfach fragt »Wer bist Du?«, aber diesen Film hatte ich schon sehr lange nicht mehr gesehen.

Ich begann wieder mit der Grübelei darüber, wer der Polizei gegenüber die Falschaussage zu meiner Person gemacht haben könnte. Außer Jörg Bernhardt fiel mir niemand ein – aber konnte der wirklich als Sündenbock für alle meine Probleme mit der Obrigkeit herhalten? Sommer schloss ich aus – der hatte zwar ein paar schlechte Gründe, mich nicht zu mögen, aber er würde sicherlich nicht soweit gehen, die Beamten zu belügen, nur um mich in Schwierigkeiten zu bringen. Außerdem war er intelligent genug, sich zu sagen, dass eine solche Lüge früher oder später widerlegt werden und seine Intrige auffliegen würde.

An dieser Stelle fiel mir, dass ich ja nach der Taxiquittung suchen musste. Ich begann die Suche in meinem Arbeitszimmer, dehnte sie auf alle anderen Räume aus und begann dann, in den Taschen aller Kleidungsstücke zu fahnden, in denen ich sie hätte deponieren können. Aber nicht einmal an der plausibelsten Stelle – in den Taschen des Jacketts, das ich beim Geschäftsessen getragen hatte – fand ich sie. Sie steckte auch nicht in meinem Portemonnaie oder in meiner Brieftasche. Ich grübelte darüber nach, wohin ich sie an dem betreffenden Abend gelegt oder gesteckt haben könnte, ich wühlte in Schubladen, in denen ich sie versehentlich hätte deponiert haben können, ich blätterte in den von mir zuletzt gelesenen Büchern und Zeitschriften, für die ich sie möglicherweise als Lesezeichen benutzt hatte – ohne Erfolg. Ich war ratlos, musste meine Suche aber einstellen, um nicht zu spät ins Büro zu kommen.

Vor meiner Wohnungstür lag die Zeitung. Natürlich wurde auf der Titelseite der Mord an Thomas Kroll groß herausgestellt – die Schlagzeile lautete »Schauspieler ermordet aufgefunden«, darunter stand »Spaziergängerin machte entsetzlichen Fund im Stadtpark«, und das aus dem Internet bekannte Foto von Thomas Kroll trug die Unterzeile »Thomas Kroll (30) erwürgt«, womit das Blatt einmal mehr seine Geschmackssicherheit und Formulierungskunst unter Beweis stellte. Ich faltete die Zeitung zusammen und steckte sie in meine Aktentasche.

Ein Blick aus den Fenstern hatte mir gezeigt, dass die angedrohten Folgen der atlantischen Tiefdruckgebiete sich noch nicht abzeichneten – ich hätte also mit dem Fahrrad zur Arbeit fahren können. Ich wollte aber nach Feierabend endlich einmal wieder ein paar Kilometer joggen, also schnappte ich mir meine Sporttasche mit den Laufschuhen und den anderen Laufutensilien und fuhr mit dem Auto zur Firma.

Im Aufzug traf ich auf mehrere Kollegen. Doch abgesehen von den üblichen Begrüßungsfloskeln sprach niemand ein Wort – man schaute auf die Schuhspitzen, auf die Wände oder auf die kleine Tafel, die mit rötlichen Ziffern die jeweilige Stockwerknummer anzeigte. Auch die Mitarbeiter, die mir auf dem Flur entgegenkamen, beschränkten sich auf ein »Hallo« oder das gerade besonders populäre »Moinsen«, das man einer Fernsehsendung entlehnt hatte. In meinem Zimmer fand ich weder auf dem Schreibtisch noch in meiner Mailbox etwas Wichtiges vor. Ein Memo von Birgit Schumacher erinnerte mich daran, dass für zehn Uhr eine Abteilungsbesprechung in einem der größeren Sitzungssäle angesetzt war. Daher verzichtete ich darauf, mir Kaffee oder Tee zuzubereiten – bei den Besprechungen gab es reichlich Kaffee. Die früher dazu gereichten Keksteller waren allerdings einer großen Einsparaktion zum Opfer gefallen. Die meisten männlichen Kollegen argwöhnten, dass der Wegfall der Kekse weniger einem Spardiktat der hierfür verantwortlichen Kommission oder des Vorstandes zuzurechnen war als vielmehr einem Ansinnen des weiblichen Teils der Belegschaft, das vermeintlich durch den gerade grassierenden Askese- und Magerwahn angestachelt wurde.

Die Zeit bis zum Beginn der Sitzung reichte gerade noch aus, um in der Tageszeitung die Berichterstattung zum Kroll-Mord zu überfliegen. Danach war Thomas Krolls Leiche an einer nicht näher bezeichneten Stelle am Rande des Stadtparks aufgefunden worden. Sie lag hinter einem Gebüsch, so dass sie vom vorbeiführenden Weg aus nicht gesehen werden konnte, war aber nicht verdeckt oder sonstwie verborgen worden. Man hatte sich offenbar der Leiche entledigen wollen, ohne genügend Zeit oder Gelegenheit zu haben, ihr Auffinden zu erschweren. Der Körper war vollständig bekleidet, allerdings ohne Jacke oder Mantel, woraus die Vermutung abgeleitet wurde, der Mord habe sich innerhalb eines Gebäudes zugetragen. Am Hals des Opfers fanden sich Würgemale, allerdings könnten erst nach einer Obduktion Rückschlüsse auf die Todesursache und auch den Todeszeitpunkt gezogen werden.

23

Ich fuhr meinen PC herunter, nahm mir Stift und Block vom Schreibtisch, ging aus dem Zimmer und schloss hinter mir ab – wie immer seit dem Vorfall mit Nollmann, wenn ich mein Büro für längere Zeit verließ. Auch andere Kollegen eilten in Richtung Sitzungssaal, der bei meinem Eintreten schon gut gefüllt war – die Teilnahme an den Abteilungsbesprechungen war obligatorisch. Einer Verpflichtung hätte es aber in den meisten Fällen gar nicht bedurft, denn jeder wollte aus erster Hand mitbekommen, was in diesen Sitzungen kommuniziert wurde. An diesem Tag gab es natürlich wegen des Mordes an Thomas Kroll ein zusätzliches Motiv, die Besprechung nicht zu verpassen, zumal mit der Anwesenheit des Vorstandes zu rechnen war. Und in der Tat – kurz nach zehn betrat Wagner den Raum, seine Assistentin Birgit Schumacher im Schlepptau. Sofort erstarb das Gemurmel und Getuschel, und Wagner ergriff das Wort. »Liebe Kolleginnen und Kollegen, es wird Sie nicht überraschen, dass wir heute zunächst von der vorgesehenen Tagesordnung – die neben ihm sitzende Birgit Schumacher schob ihm rasch das Blatt mit der Agenda zu – abweichen werden. Sie haben alle spätestens heute beim Aufschlagen der Zeitung vom tragischen Tod von Thomas Kroll, dem jüngeren Sohn meines Vorstandskollegen Kurt Kroll, erfahren. Sie wissen auch, dass die Leiche von Thomas Kroll gestern im Stadtpark aufgefunden worden ist. Anders als im Fall des Kollegen Nollmann kann offenbar nicht von einem Suizid ausgegangen werden. Ich bitte Sie, sich zunächst für eine Schweigeminute von ihren Plätzen zu erheben.«

Dieses Ritual, das gelegentlich eine peinliche Note hat – und sei es nur deswegen, weil manche Beteiligten sich in einer solchen Situation hilflos und sogar überfordert fühlen –, wurde mit größtem Ernst vollzogen. Den Anwesenden war die große Betroffenheit und die Ratlosigkeit angesichts einer solchen Gewalttat anzumerken. Offenbar hatte niemand das Gefühl, sich einem überflüssigen oder unangemessenen Zeremoniell unterordnen zu müssen. Es trat vollständige Stille ein.

Dann fuhr Wagner fort: »Ich danke Ihnen, dass Sie sich zu Ehren von Thomas Kroll von Ihren Plätzen erhoben haben. Unser Mitgefühl gilt dem Kollegen Kurt Kroll, der nach dem allzu frühen Tod seiner Ehefrau nun einen weiteren herben Verlust erleiden muss. Es versteht sich von selbst, dass Herr Kroll für einige Tage nicht ins Unternehmen kommen wird. Für seine Vertretung ist gesorgt, bitte wenden Sie sich im Zweifel an sein Sekretariat.«

Für einen Moment siegte meine Spottlust über meine Betroffenheit, und ich überlegte: Wenn die Sekretärin zur Assistentin mutiert, wieso heißt dann ihr Büro immer noch Sekretariat?

Wagner machte eine kurze Pause, die von den meisten Anwesenden genutzt wurde, um Kaffee oder Tee einzuschenken. Nachdem die damit verbundenen Geräusche sich wieder gelegt hatten, ergriff er wieder das Wort. »Es lässt sich nicht einschätzen, ob die Polizei im Rahmen ihrer Aufklärungsarbeit auch im Hause Erkundigungen einziehen wird. Ich bitte Sie, hierfür gegebenenfalls zur Verfügung zu stehen und bereitwillig Auskunft zu erteilen. Falls es dabei zu irgendwelchen Zweifelsfragen kommen sollte, stimmen Sie sich bitte mit dem Personalreferat ab.« An dieser Stelle vermisste ich den üblichen Zusatz von Klaus Sommer: »Und mit dem Betriebsrat!« Aber es war kein lautstarker Arbeitnehmervertreter anwesend, der sich so oder ähnlich hätte artikulieren können.

Schließlich fragte Wagner den Abteilungsleiter, ob es in der TO Besprechungspunkte gäbe, die seine Anwesenheit erforderlich machten. Als dieser verneinte – nicht ohne hinzuzufügen, dass die weitere Teilnahme Wagners selbstverständlich hochwillkommen sei –, warf dieser noch einen Blick in die Runde, wünschte allen Teilnehmern einen guten und erfolgreichen Verlauf der Sitzung und verabschiedete sich. Seine Assistentin folgte ihm auf dem Fuße.

Im restlichen Verlauf der Sitzung ging es um reine Fachfragen und einige organisatorische Details. Alles blieb friedlich und konstruktiv, bis ein jüngerer Kollege sich erdreistete, nach einer verfeinerten Statistik im Bereich der Antragsablehnungen zu fragen. Mir schien diese Anregung plausibel, aber ein älterer Gruppenleiter, der für seine Entscheidungen »aus dem Bauch heraus« und für seine Ablehnung von »dem modernen Tabellenzeugs, diesem ganzen Excel-Scheiß« bekannt war, nutzte den Steilpass zu einem seiner berühmt-berüchtigten Ausfälle, den er mit den barschen Worten »Und ich kann es nur noch einmal wiederholen: Wer zuviel misst, misst Mist!« abschloss.

Ich konnte mich zwar nicht daran erinnern, dass er diesen Lehrsatz schon einmal verkündet hatte, aber mit seiner Provokation löste er den gewohnten, in lautstarken Protest übergehenden Widerspruch aus, den er durch sein triumphierendes Grinsen noch anfeuerte. Der Abteilungsleiter beendete die schrille Kakophonie durch die übliche salomonische Maßnahme, nämlich die Einsetzung einer Kommission, die bis zur nächsten Abteilungsbesprechung einen Vorschlag erarbeiten sollte. Dass der Vorschlagende selber und sein Widerpart dieser Kommission angehören sollten, war zwar sachgerecht, zugleich aber die sichere Voraussetzung dafür, dass auch diese Initiative im Sande verlaufen würde. Mir war es sehr recht, dass der Kelch einer ehrenvollen Berufung in dieses Gremium an mir vorüberging.

24

Während einige Kollegen nach dem Ende der Besprechung noch sitzenblieben, vermutlich vor allem, um sich über den Kroll-Mord auszutauschen, und andere auf dem Flur miteinander sprachen, beeilte ich mich, in mein Büro zurückzukehren. Mir war während der ganzen Sitzung die Sache mit der verschollenen Taxiquittung nicht aus dem Kopf gegangen. Außerdem erwartete ich, dass zumindest ein Teil der üblichen Verdächtigen versucht hatte, mich zu erreichen – per Anruf, SMS oder E-Mail. Aber weder Dieter Domrich, noch Martin Blumberg noch Harald Romeike hatten sich gemeldet. Merkwürdig.

Ich hätte abwarten können, bis Söhnlein oder Fritsche sich bei mir melden und sich nach der Taxiquittung erkundigen würden, aber das hätte bedeutet, dass ich noch stundenlang gegrübelt und mir vor allem das Gehirn über der Frage zermartert hätte, wie ernst die Polizei die Denunziation nahm und welche Folgerungen sie möglicherweise daraus ableitete. Mir fiel ein, dass ich außer den Namen der beiden Beamten keinerlei Informationen über sie hatte – keine Telefonnummer, keine E-Mail-Adresse. Ich kannte nicht einmal ihre Wache – bei dem Gedanken daran fragte ich mich, ob es überhaupt noch so etwas gab wie Polizeiwachen. Oder hießen die jetzt Service Center, Help Desk oder Security Management? Ausnahmsweise war Unwissenheit in diesem Punkt ein gutes Zeichen – ich hatte seit Jahren keinen Grund mehr gehabt, eine solche Dienststelle aufzusuchen oder sonstwie in Kontakt mit den Ordnungshütern zu treten – ein Zustand, mit dem Söhnlein und Fritsche gründlich aufgeräumt hatten.

Wen sollte ich anrufen und fragen, ob die Polizisten tatsächlich, wie von Söhnlein angekündigt, im Hause waren und wie oder wo ich sie erreichen konnte? Die ganz oben angesiedelten Adressen, Hertha Gabler und Barbara Schöning, schieden aus – die eine durfte ich mit dieser Frage auf keinen Fall behelligen, die andere hatte wegen der Tragödie im Hause ihres Chefs sicherlich Besseres zu tun als derartige Anliegen zu befriedigen. Also entschied ich mich für einen Anruf bei Birgit Schumacher – auch auf die Gefahr hin, dass diese meinen Anruf missdeuten und vermuten würde, dass ich sie eigentlich zum Stand der Kroll-Ermittlungen aushorchen wollte.

Sie war sofort am Apparat, und ich sagte: »Jürgen hier. Du, Birgit, ich muss die Polizisten sprechen, die angeblich im Hause sind. Weißt Du, wo die gerade herumschnüffeln?« Birgit Schumacher schien einen Moment zu brauchen, um meine Frage zu verstehen. Dann antwortete sie ungewöhnlich reserviert und geradezu geschäftsmäßig: »Ja, die sind da. Vorhin waren die bei Wagner. Mehr weiß ich nicht.« Mehr schien sie auch nicht sagen zu wollen, und offenbar war ihr auch nicht daran gelegen, dass ich noch etwas hinzufügte, so dass ich das Telefonat konsterniert mit einem kurzen »Danke, Birgit!« beendete.

Merkwürdig – so ganz allmählich kam ich mir vor wie ein Aussätziger oder zumindest wie jemand, über den aus irgendwelchen Gründen eine Kontaktsperre verhängt worden war. Offenbar wollte niemand außer den Polizisten mit mir sprechen, und schon gar nicht über den Mord an Thomas Kroll. Was hielt Romeike oder Blumberg, die mich üblicherweise wegen wesentlich weniger spektakulärer Ereignisse kontaktierten, davon ab, mich anzurufen? Warum nutzte Birgit Schumacher die Gelegenheit meines Anrufes nicht, sich über diesen dramatischen Vorgang mit mir auszutauschen? Warum mied mich der sonst stets auf Neuigkeiten, Klatsch und Tratsch erpichte Dieter Domrich?

Ich erwog nun, vielleicht doch Krolls Sekretärin Barbara Schöning anzurufen, über deren Sympathien ich immerhin noch zu verfügen glaubte, da klopfte es an meiner Tür. Auf mein etwas unwirsches »Herein!« trat zu meiner nicht geringen Überraschung Späth in mein Zimmer – es musste viele Monate her sein, dass er mich zum letzten Mal aufgesucht hatte. Und wenn er zu mir kam, ließ er üblicherweise vorher anfragen, ob ich anwesend war. »Tag, Dr. Rieger«, eröffnete er das Gespräch. »Guten Tag, Herr Späth«, antwortete ich etwas steif, in dem Bemühen, mir mein Erstaunen nicht anmerken zu lassen. »Sie wundern sich bestimmt, dass ich hier einfach so hereinplatze, aber die Ereignisse überschlagen sich ja förmlich.« Er setzte sich, ohne meine Aufforderung abzuwarten, auf den Stuhl vor meinem Schreibtisch, und auch ich nahm wieder Platz, nachdem ich mich bei seinem Eintritt kurz erhoben hatte. Ja, ich wunderte mich in der Tat über sein Erscheinen, aber mindestens ebenso sehr über die Begründung dafür – welche Ereignisse hatten sich in einer solchen Weise überschlagen, dass er deswegen das Gespräch mit mir suchte und dazu förmlich bei mir hereinplatzte? Er ließ mich nicht lange zappeln und fuhr fort: »Ich möchte zwei Themen mit Ihnen besprechen und baue dabei auf Ihre absolute Verschwiegenheit.« Aha – dieser Einstieg kam mir irgendwie bekannt vor. Wollte nun auch Späth die Lektion des »Wasserfärbens« mit mir exerzieren? Oder wollte er mich einfach nur aushorchen?

»Diese beiden tragischen Todesfälle wirbeln das Unternehmen ganz schön durcheinander. Zwei Löcher im Vorstandsbereich in so kurzer Zeit sind schon ein Hammer.« – »Zwei?« unterbrach ich ihn. »Ja, klar – Nollmann ist tot, und Sie glauben doch nicht, dass Kroll nach diesem Drama weitermacht?« Auf diese Idee war ich noch gar nicht gekommen – aber er hatte wohl recht: Kroll war in einem Alter, in dem er problemlos in den Ruhestand gehen konnte, und für eine entsprechende finanzielle Ausstattung war sicherlich gesorgt worden. »Sehen Sie, und diese Situation trifft und betrifft mich natürlich auch – um nicht zu sagen: ganz besonders. Ich möchte Ihnen, und das ist mein erster Punkt, signalisieren, dass ich für die Zukunft auf Sie baue.« Ich schnappte ein wenig nach Luft, aber er ließ mich ohnehin nicht zu Wort kommen. »Zweiter Punkt: Es schwirren Gerüchte über Sie im Haus herum. Sie waren vermutlich der letzte Mitarbeiter, der Nollmann lebend gesehen hat, und es bestehen offenbar Zweifel an Ihrer Darstellung, dass Sie, wie Sie es beschrieben haben, gleich nach dem Essen mit Nollmann mit dem Taxi nach Hause gefahren sind.«

Nennt man so etwas Zuckerbrot und Peitsche? Da eröffnet mir jemand, der offenbar auf dem Sprung in den Vorstand und möglicherweise sogar auf den Thron des Vorstandsvorsitzenden ist, zunächst einmal, dass er auf mich setzt, um mir gleich darauf mitzuteilen, dass mein Ruf angeschlagen ist und ich im Verdacht stehe, gegenüber der Polizei, die in zwei Todesfällen ermittelt, eine Falschaussage gemacht zu haben! Späth bemühte sich, eine möglichst neutrale Miene aufzusetzen, aber es gelang ihm nicht völlig, das Erwartungsvolle, ja Lauernde in seinem Blick zu unterdrücken.

Ich hielt es für das Beste, den Ball flach zu halten, und beschränkte mich daher in meiner Antwort auf das Nötigste. »Herr Späth, mir ist völlig schleierhaft, wie es zu solchen Gerüchten kommen konnte. Ich kann Ihnen nur versichern, dass meine Darstellung über den Verlauf des Abends mit Nollmann völlig korrekt und, was meine Person anlangt, absolut vollständig war. Ja, und natürlich ehrt mich Ihr Vertrauen. Ich werde auch bei einer neuen Zusammensetzung des Vorstandes mein Bestes für die Firma geben.«

Klang das zu brav, vielleicht geradezu peinlich streberhaft? Späth jedenfalls schien etwas anderes oder mehr erwartet zu haben. Er erhob sich abrupt, ging zur Tür, sagte im Hinausgehen nur »Schau'n mer mal!« und ließ die Tür laut hinter sich ins Schloss fallen.

Ich blieb ziemlich ratlos zurück. Was sollte ich von diesem Auftritt halten? Welche Rückschlüsse durfte ich daraus ziehen? Vor weiteren Grübeleien bewahrte mich zunächst mein Hungergefühl.

Ich schaute auf die Uhr – die Kantine hatte gerade noch geöffnet, aber ich hatte keine Lust, ein zumindest gefühltes Spießrutenlaufen durch die Reihen der dort noch anwesenden Kollegen auf mich zu nehmen, und beschloss, ein paar Schritte nach draußen zu machen und mir bei einer Bäckerei um die Ecke einen Happen zu essen und einen Becher Kaffee zu besorgen.

25

Und jetzt spielte der Zufall mir endlich wieder einmal in die Hände – als ich im Erdgeschoß das Treppenhaus verließ und die Eingangshalle betrat, stiegen gerade Söhnlein und Fritsche aus dem Aufzug. Ich eilte ihnen entgegen und eröffnete ihnen nach kurzer Begrüßung, dass ich die Taxiquittung noch nicht aufgetrieben hatte. Die beiden ließen sich nichts anmerken, und Söhnlein antwortete sibyllinisch »Na ja, es gibt Schlimmeres. Das werden wir schon irgendwie hinbekommen.« Ich wollte die beiden noch nach so etwas wie einer Visitenkarte fragen oder sie zumindest um eine Telefonnummer bitten, unter der ich sie erreichen konnte, aber die beiden ließen mich so deutlich spüren, dass sie in Eile waren, dass ich mein Anliegen zurückstellte.

Während ich an einem Stehtisch in der Bäckerei meinen Kaffee trank und dazu eine Streuselschnecke aß, die zu meiner Freude mit sehr viel Zuckerguss bedeckt war, dachte ich ununterbrochen an die vermaledeite Taxiquittung und fragte mich zugleich, ob es angemessen war, ihr eine solche Bedeutung zuzumessen. Die paar Euro waren unerheblich – ich konnte einen sogenannten Eigenbeleg erstellen und würde das Geld anstandslos erstattet bekommen – aber mein Alibi! Ich erschrak über dieses Wort, das noch gar nicht gefallen war, mir aber nun durch den Kopf schoss. War es wirklich schon so weit gekommen, dass ich ein Alibi benötigte? Mir fiel ein, dass ich zu Hause noch gar nicht in meinem Papierkorb nachgesehen hatte. Dieses Behältnis, das unter meinem Schreibtisch stand, verdiente seine Bezeichnung Papierkorb tatsächlich ohne jede Einschränkung – ich entsorgte in ihm ausschließlich Papierabfall, der bei der Schreibtischarbeit anfiel. Da ich in den letzten Tagen zu Hause kaum am Schreibtisch gesessen hatte, hatte ich den Papierkorb schon längere Zeit nicht mehr leeren müssen. War dieses kleine DIN A6-Zettelchen vielleicht in den Papierkorb gefallen oder hatte ich es versehentlich hineingeworfen? Ich klammerte mich an diese Hoffnung und versuchte, mich nun uneingeschränkt an Kaffee und Kuchen zu erfreuen.

Nach Rückkehr fand ich auf meinem Schreibtisch einen großen Stoß Akten vor – der Hausbote, der einen Schlüssel zu den Büros hatte, unterstützte mich tatkräftig in dem Bemühen, wieder Normalität einkehren zu lassen. In den folgenden zwei Stunden konnte ich, unbehelligt von jeglicher Störung, einen großen Teil der Akten abarbeiten. Dann entschied ich, dass mein Arbeitstag beendet werden konnte, verließ mein Büro und fuhr zum Stadtpark, um meine Joggingrunde zu absolvieren.

Wenn ich mit dem Auto zum Joggen fuhr, steuerte ich in der Regel einen etwas abseits gelegenen und daher nur wenig frequentierten Parkplatz an, wo ich mich auch umziehen konnte, ohne Aufsehen zu erregen oder als öffentliches Ärgernis empfunden zu werden. Es war noch so warm, dass ich nur eine kurze Hose und ein Laufshirt anzog. Das Hemd, das laut Herstellerangaben atmungsaktiv und feuchtigkeitsregulierend sein sollte – beides Eigenschaften, die man einem Stück Stoff gar nicht zutrauen würde – hatte mir Sabine geschenkt. Sein kräftiges Türkisblau stand in starkem Gegensatz zum Grau-Braun meiner Laufschuhe, das von den vielen Kilometern kündete, die ich mit ihnen durch Parks und Wälder, über Stock und Stein und bei Wind und Wetter zurückgelegt hatte.

Ich nahm mir vor, eine Strecke von ungefähr zehn Kilometern zu laufen, und veranschlagte dafür eine Zeit von etwa achtzig Minuten – der Rundkurs hatte ein starkes Profil und stieg an einigen Stellen ziemlich stark an. In meiner Vorfreude und Konzentration auf den Lauf hatte ich für kurze Zeit die Geschehnisse der letzten Tage und die für mich daraus resultierenden Belastungen völlig verdrängt, aber schon nach wenigen Metern holten sie mich wieder ein – war nicht der ermordete Thomas Kroll im Stadtpark gefunden worden? Verblüffenderweise hatte mich die Frage, an welcher Stelle sich der Fundort befand, bisher gar nicht beschäftigt – ich führte es darauf zurück, dass dies ein Punkt war, den ich normalerweise etwa mit Harald Romeike oder Dieter Domrich besprochen hätte – aber zu einem solchen Gespräch war es ja bisher nicht gekommen.

Der Lauf in dem von mir angestrebten Tempo strengte mich sehr an – es war zu spüren, dass ich längere Zeit mit dem Training ausgesetzt hatte. Ich begegnete einigen Spaziergängern und auch Joggern, die einzeln oder in Gruppen an mir vorbeischnauften. Aber nirgendwo blinkte ein rot-weißes Absperrband, das signalisierte, dass ein Bereich nicht betreten werden sollte, weil dort polizeiliche Ermittlungen stattfanden. Ich war fast ein wenig enttäuscht, nirgendwo eine Spur von dem anzutreffen, was ich aus Fernsehkrimis als KTU – kriminaltechnische Untersuchung – kannte.

Nach einer guten halben Stunde hatte ich endlich einen gleichmäßigen Laufrhythmus erreicht, der mir erlaubte, unbeschwert und mit freiem Kopf vor mich hin zu traben. Dabei half mir ein Trick, dem ich die Bezeichnung »mein Mantra« gegeben hatte: Das waren Satzbrocken, Wörter oder auch Folgen von Silben, die mit meinem Laufrhythmus harmonierten und deren Deklamieren ihn dadurch unterstützte. Ich hatte beim Umziehen kurz daran gedacht, dass ich das bei der Verlosung der Zeitung gewonnene Trikot noch nicht erhalten hatte, war darüber auf meinen Bruder gekommen und schließlich bei seinen Spitznamen gelandet – Ademir, Bedemir, Cedemir. Das passte.

»Ademir, Bedemir, Cedemir« keuchte ich, zugleich nach Luft japsend und daher etwas lauter als nötig – es hätte noch gefehlt, dass man mir auch noch ein Tourette-Syndrom andichtete.

Verschwitzt und erschöpft und etwas später als geplant kehrte ich zu meinem Wagen zurück. Es war immer noch hell, und auf dem Parkplatz stand nur mein Auto. Ich warf mir rasch eine Trainingsjacke über, setzte mich ans Steuer und fuhr los. In der Ausfahrt zur Straße musste ich eine Vollbremsung machen – ich hatte überhaupt nicht damit gerechnet, dass mir zu dieser Zeit und an dieser einsamen Stelle ein anderes Fahrzeug entgegenkommen könnte. Der Wagen, mit dem ich beinahe kollidiert wäre, war ein weißes SUV. Am Steuer saß Nollmanns Witwe, auf dem Beifahrersitz der alte Kroll.

26

In meinem Briefkasten fand ich eine Benachrichtigungskarte vor – der Paketbote hatte eine Sendung für mich gebracht und bei Frau Kuderke abgegeben. Ich überlegte kurz, ob ich um diese Zeit noch bei ihr klingeln konnte – ja, vor 21 Uhr sollte das noch statthaft sein. Also stieg ich hoch zu der alten Dame, die schon so lange in diesem Haus wohnte, dass ich mich manchmal fragte, ob sie hier eingezogen war oder ob vielleicht das Haus einstmals um sie herum gebaut worden war. Ich nannte sie nach einer Romanfigur von Georges Simenon »die Witwe Couderc«, obwohl ich gar nicht wusste, ob sie jemals in einer ehelichen oder eheähnlichen Beziehung gelebt hatte.

Ihrem Habitus und ihrer Wortwahl nach könnte Frau Kuderke durchaus als »älteres Fräulein« durchgehen. Damit hebt sie sich bewusst und sehr deutlich von meiner direkten Nachbarin, Frau Sawitzki, ab, die ihre saftige Sprechweise mit Begriffen würzt, die nach meinem Eindruck im Aussterben begriffen sind – »da kriegste die Motten« für das Ausmaß ihrer Empörung, »jwd« für alles, was nicht im Stadtzentrum liegt, und »Mann in de Tünn« zur Beschreibung ihres Erstaunens. Ich hatte ihr einmal erzählt, dass mit dem »Mann in der Tonne« ursprünglich ein Pastor in der Kanzel gemeint gewesen war, aber da hatte sie mich nur mit einer Mischung aus Unglauben und Bedauern angeschaut – eine mir vertraute Reaktion auf solche präpotente Faktenhuberei.

Auf der Wohnungstür prangte ein großes goldenes Schild, in das in geschwungenen Lettern die Aufschrift »Katharina Kuderke« geprägt war. Die verwitwete Bäuerin bei Simenon trug nach meiner Erinnerung den etwas weniger ambitionierten Vornamen Tati und benötigte garantiert kein Türschild. Frau Kuderke hatte mich offensichtlich nach Hause kommen sehen, denn sie öffnete nach meinem vorsichtigen Klingeln nicht nur sogleich die Tür, sondern hatte das Paket für mich auch schon in der Hand. Und sie war wild entschlossen, mich nicht einfach gehen zu lassen. »Haben Sie das auch gelesen von diesem schrecklichen Mord im Stadtpark?« Erst jetzt schien ihr aufzufallen, dass ich in Jogging-Kleidung vor ihr stand. »Sind Sie da etwa gerade gewesen? Seien Sie bloß vorsichtig – sonst erwischt er Sie auch!« Ich wusste, dass es zur Verlängerung des Gespräches beitragen würde, aber ich konnte mir diese Korrektur doch nicht verkneifen: »Der Mord ist ja gar nicht im Stadtpark verübt worden. Man hat die Leiche dort hingebracht.« Die Witwe Couderc sah mich mit großen Augen an. Sie hatte den Bericht in der Zeitung offenbar nicht sehr gründlich gelesen. Ich fügte hinzu: »Aber mich betrifft der Fall schon. Der Ermordete ist der Sohn eines Vorstands meiner Firma. Sehr tragisch« – »Wissen Sie, dass Morde ganz überwiegend Beziehungstaten sind?« Frau Kuderke glänzte mit ihrem kriminalistischen Basiswissen, gab mir aber mit dieser Bemerkung ungewollt eine gute Gelegenheit, das Gespräch zu beenden. »Sehen Sie – und daher brauche ich überhaupt keine Angst zu haben und kann bedenkenlos weiter im Stadtpark joggen. Aber jetzt muss ich erstmal unter die Dusche. Vielen Dank nochmals und noch einen schönen Abend!«

Die Absenderangabe auf dem Päckchen sagte mir nichts – PromoTop GmbH. Aber sein Inhalt war tatsächlich das gewonnene Trikot. Auf dem weißen Stoff mit dem Adler prangten fast zwei Dutzend Signaturen, die überwiegend nur sehr entfernt an mir bekannte Schreibschriften erinnerten. Ich versuchte, nach dem Ausschlussverfahren die Unterschrift des Bundestrainers zu identifizieren – übrig blieb ein Schriftzug, den man mit etwas gutem Willen dem Namen Cassius Clay hätte zuordnen können – sollte hier ein ganz großes Missverständnis vorliegen? Meine akribische Untersuchung der anderen Schriftzüge führte mich allerdings auch zu der Erkenntnis, dass es sich hierbei keinesfalls um Originalunterschriften handelte. Bei PromoTop wurde offenbar nicht mit dem Filzstift, sondern mit einer Druckerpresse signiert.

Das Beste, was man über diesen Gewinn sagen konnte, war, dass er mich zumindest für einige Zeit vor quälenden Fragen bewahrt hatte. Diese überfielen mich aber unweigerlich, als ich endlich unter der Dusche stand – wie sollte ich das skurrile Gespräch mit Späth bewerten, und wieso tauchten Kroll und die Witwe Nollmann gemeinsam am Stadtpark auf? Und einen Moment lang blitzte eine Erinnerung bei mir auf: Der SUV von Frau Nollmann war nicht das einzige Fahrzeug gewesen, das ich gleich nach meiner Abfahrt gesehen hatte. Etwa hundert Meter von der Parkplatzausfahrt entfernt war mir ein VW Golf entgegengekommen. Ich hatte allerdings kaum auf den Wagen und noch weniger auf seine Insassen geachtet, weil ich gerade wegen der allmählich hereinbrechenden Dämmerung mein Fahrlicht eingeschaltet hatte.

Nachdem ich meinen mächtigen Durst mit mehreren Gläsern Orangensaft vorläufig gestillt hatte, kümmerte ich mich um den Inhalt des Papierkorbes in meinem Arbeitszimmer. Ich breitete eine alte Zeitung auf dem Boden aus und schüttete den Inhalt des Papierkorbes darauf aus. Es entstand ein kleiner Berg von Papierschnipseln und Pappfetzen, Briefumschlägen, Karteikarten und Notizzetteln. Die Taxiquittung war nicht dabei.

Ich fand aber einen kleinen, orangefarbenen Zettel mit der aufgedruckten Nummer 288, und mir fiel auch sofort ein, worum es sich dabei handelte. Das Restaurant, in dem das letzte Nollmann-Abendmahl stattgefunden hatte, leistete sich eine Garderobe mit Garderobiere – man erhielt einen solchen Zettel, wenn man dort etwas abgab. Als ich meine Aktentasche abholen wollte und in meinen Hosen- und Jackentaschen nach dem Zettel zu suchen begann, reichte mir die aufmerksame Dame die Tasche schon über den Tresen – es waren ja kaum noch Gäste im Lokal, und vermutlich war ich überhaupt der einzige, der so ein Utensil an der Garderobe deponiert hatte.

Deshalb behielt ich diesen Zettel, und als ich nach Hause gekommen war, steckte er immer noch in einer Innentasche meines Jacketts. Und nun fiel es mir ein – ich hatte damals nach Rückkehr automatisch alle meine Taschen geleert und den Garderobenzettel zusammen mit der Taxiquittung auf meinen Schreibtisch gelegt. Der Zettel war noch vorhanden – aber die Quittung war verschwunden. Wohin?

Ich verbrachte eine sehr unruhige Nacht, geplagt von wilden Träumen, deren Inhalt ich aber beim Aufwachen fast komplett vergessen hatte – ich erinnerte mich nur daran, dass ich unter starkem Druck und massiven Bedrohungen irgendwelche Anforderungen erfüllen musste, woran ich mehrfach scheiterte. Ich erhob mich mit leichtem Kopfweh und ging als erstes zur Wohnungstür, um mir die Zeitung hereinzuholen. Es gab lediglich im Innenteil einen kurzen Beitrag zur Ermordung von Thomas Kroll, dessen wesentlicher Inhalt darin bestand, den Stand vom Vortag zu rekapitulieren und festzustellen, dass die Kripo mehreren Spuren zur Aufklärung des Falles nachging. Es gab keine Fotos und auch keine genaue Beschreibung des Fundortes.

Ich nahm ein hastiges Frühstück zu mir, bei dem ich den Rest der Zeitung überflog. Bevor ich meine Wohnung verließ, schickte ich meinem Bruder eine kurze SMS mit der Frage, ob er das Trikot haben wolle – es trüge allerdings verblüffender Weise auch die Unterschrift von Cassius Clay, während die des Bundestrainers leider fehlte.

Das Wetter war schön – die Ausläufer der Tiefdruckgebiete vom Atlantik ließen also weiter auf sich warten, und ich konnte mit dem Fahrrad zur Arbeit fahren.

27

Ich erreichte die Firma und dann von der Tiefgarage aus, wo ich mein Fahrrad aus Vorsichtsgründen meist abstellte, mein Büro, ohne jemandem zu begegnen, mit dem ich hätte sprechen können oder müssen. In der Mailbox fand ich eine E-Mail von Harald Romeike vor: »Bitte ruf mich bei Gelegenheit an. Gruß, H.« Ich hielt die Gelegenheit für gegeben und wählte sofort seine Nummer. Schon nach dem ersten Klingeln meldete er sich. »Na, mein Lieber, was ist denn da bloß los in Eurem Laden? Bringt Ihr Euch jetzt nach und nach selber bzw. gegenseitig um?« – »Harald, mir ist, ehrlich gesagt, nicht zum Scherzen zumute. Zum einen ist der Tod von Thomas Kroll wirklich eine Tragödie, zum anderen werde ich idiotischerweise mit diesem Mord in Verbindung gebracht und bin seit gestern hier so eine Art Outlaw – vogelfrei und von allen gemieden. Und von allen guten Geistern verlassen, z. B. von Dir!« – »Na, ganz so schlimm ist es wohl doch nicht – immerhin telefonieren wir ja grad miteinander. Aber es stimmt, gestern habe ich mich mit voller Absicht nicht bei Dir gemeldet. Der Mord am jungen Kroll hat hier wirklich einen Riesenwirbel ausgelöst, und die Chefredaktion hat die Devise ausgegeben, so viele Informationen wie möglich zu sammeln, aber auf keinen Fall Informationen nach draußen zu geben, damit wir so umfassend und zugleich exklusiv wie möglich berichten können. Du kennst ja diesen zunehmenden Wettbewerb mit den lokalen Radiostationen, die uns hier und da das Wasser abgraben wollen, z. B. in punkto Aktualität. Na ja, und zu den Meldungen, die durchs Haus geisterten, gehörte auch die Information, dass die Polizei offenbar auch Dir eine Rolle in diesem Trauerspiel zugedacht hat.

Ich konnte Dir das gestern unmöglich sagen, wollte aber auch nicht mit Dir telefonieren und diesen Punkt dabei einfach aussparen – außerdem bin ich davon ausgegangen, dass Du das ohnehin irgendwie mitbekommen würdest.« – »Ja, das hab ich in der Tat«, antwortete ich, »aber wieso kannst Du denn heute mit mir darüber sprechen?« – »Es wurde sozusagen Entwarnung gegeben, und das wollte ich Dir auch so früh wie möglich mitteilen. Offenbar hat ein Tête-à-tête von Ducke mit dem Leitenden Kriminaldirektor stattgefunden, und daraus ist wohl hervorgegangen, dass die Polizei eine konkrete Spur verfolgt und sogar bestimmte Personen verdächtigt, mit dem Mord in Verbindung zu stehen.« Er hatte mich mit seinen Ausführungen ein wenig beruhigt, aber natürlich zugleich meine Neugier geweckt. »Und – weißt Du etwas über die Verdächtigen?« – »Nein«, entgegnete Harald, »Ducke hat sich diesbezüglich sehr bedeckt gehalten – das war wohl die Bedingung, unter der man ihn überhaupt nur eingeweiht hat. Und die Gerüchtebörse hier im Haus liefert die abenteuerlichsten Spekulationen. Ganz hoch gehandelt wird ein Mord im Affekt, verübt von einem Schauspielerkollegen vom Stadttheater. Es hat da wohl in den letzten Wochen einige heftige Auseinandersetzungen zwischen den beiden gegeben, die teilweise während der Proben ausgetragen wurden und fast in Handgreiflichkeiten ausgeartet sind. Es ist natürlich denkbar, dass in diesen Konflikt auch andere Mitarbeiter des Theaters einbezogen worden sind und dass Kroll nicht von einem Konkurrenten, sondern von einem Dramaturgen oder sogar vom Intendanten höchstperönlich umgebracht worden ist. Die Stimmung am Theater soll jedenfalls im Keller sein, und das nicht nur aus Betroffenheit über den Mord an Thomas Kroll.« Ich dankte Harald Romeike für diese Informationen, und wir verabschiedeten uns mit der Verabredung, dass wir wieder miteinander telefonieren würden, wenn es »etwas Neues« gäbe.

Mittags traute ich mich wieder in die Kantine – die im Speiseplan angekündigte Hauptmahlzeit »Rumpsteak mit Pommes Frites« war einfach zu verlockend, und das Rumpsteak, das der

Caterer anbot, war tatsächlich genauso gut wie das in einem meiner Lieblingslokale, der »Bar de Paris«, wo ich seit der Trennung von Sabine nicht mehr gewesen war. Als ich in der Schlange an der Salatbar stand, hielt ich Ausschau nach Dieter Domrich, Martin Blumberg und Barbara Schöning. Ich entdeckte nur Martin. Der saß aber an einem komplett besetzten Tisch, so dass ich mich zu einigen Kollegen aus der Verwaltungsabteilung setzte. Es war mir ganz lieb, dass die drei nicht über das Thema Kroll sprachen, sondern über eine Talkshow, die am Vorabend im Fernsehen gelaufen war und bei der offenbar einer der Teilnehmer komplett die Contenance verloren hatte. Man spekulierte nun, ob er betrunken gewesen war oder ob die Redaktion versehentlich einen Gast eingeladen hatte, der von Haus aus cholerisch veranlagt und noch nicht durch Dutzende von Fernsehauftritten weichgespült worden war. Aus diesem Gespräch am Mittagstisch, an dem ich mich nur durch mäßig interessiertes Zuhören beteiligte, ging mit keinem Wort hervor, welches Thema die Talkshow gehabt hatte. Aber es ist ja auch nicht die Aufgabe und der Sinn von Fernseh-Talkshows, in nachhaltiger und nachwirkender Weise irgendwelche relevanten Themen zu behandeln.

Ich rechnete den ganzen Nachmittag damit, dass ein Anruf oder eine Anfrage der Polizei wegen der Taxiquittung kommen würde, aber niemand meldete sich. Um diesen leidigen Punkt möglichst zu beenden, wenn auch mit einer Fehlanzeige, hätte ich gern selbst die Initiative ergriffen, aber ich hatte ja keine Telefonnummer und wollte nicht nochmals im Haus nach den Polizisten fragen.

Als ich nach Hause radelte, hatte es aufgefrischt, und im Westen türmten sich drohende schwarze Wolken auf. Ich verzichtete daher auf meinen geplanten Einkauf, obwohl ein Supermarkt mit mehreren attraktiven Sonderangeboten lockte, und fuhr auf dem direkten Weg nach Hause. Als ich die Haustür aufstoßen wollte, wurde sie schon von innen aufgezogen und die Witwe Couderc erschien. »Sie wagen sich wirklich nach draußen?«, fragte ich sie und fügte, als sie mich stirnrunzelnd anblickte, die Warnung »Da braut sich ein Unwetter zusammen!« hinzu. »Ach, und ich dachte, das Unwetter hockt schon vor Ihrer Tür!«, versetzte sie. Ich war über ihren leicht gereizten Unterton, mehr noch aber über diese Auskunft verwundert. »Wie meinen Sie das denn?«, fragte ich, und bekam zur Antwort »Dann gehen Sie mal hoch!« Mit diesen Worten schob sie sich an mir vorbei und ließ mich ratlos zurück. Ich stellte mein Fahrrad im Keller ab und sprang die Treppen hoch zu meiner Wohnung. Auf den Stufen vor meiner Tür saß – Dieter Domrich. Sein, vorsichtig ausgedrückt, derangierter Zustand war auf den ersten Blick zu erkennen. Er schaute mich mit glasigen Augen an und rief mir entgegen »Ich gestehe alles. Alles!«

Ich versuchte, meine Überraschung und die Peinlichkeit der Situation zu überspielen und sagte, so gleichmütig wie möglich, »Na, Dieter, gehen wir doch erstmal hinein!« Mit meiner Hilfe erhob er sich mühsam. Eine kräftige Alkoholfahne kam mir entgegen, aber er konnte sich doch noch gut auf den Beinen halten. »Ich koch uns erstmal einen starken Kaffee«, kündigte ich an, während Dieter sich, leicht wankend, in mein Wohnzimmer begab.

28

Nach zwei Tassen Kaffee, die so schwarz waren, dass sie vermutlich Tote zum Leben erweckt hätten, und einigen wenigen belanglosen Sätzen, die wir ausgetauscht hatten, um die spürbare Anspannung ein wenig zu lockern, war Dieter in der Lage, in halbwegs zusammenhängenden Sätzen zu erklären, warum er sich in diesem bemitleidenswerten Zustand befand und wieso er etwas zu gestehen hatte.

Im Kern erfuhr ich nun, dass die diversen Intrigen, die Jörg Bernhardt gegen mich betrieben hatte, von Dieter Domrich unterstützt worden waren. Das Häufchen Unglück, das hier vor mir saß, war zumindest Mitwisser, gelegentlich aber auch Handlanger von Bernhardt gewesen. Und die größte Überraschung für mich war, dass sich bei diesem Geständnis auch das Rätsel um die verschwundene Taxiquittung auflöste – Dieter Domrich hatte sie an dem Abend, als er mich zum letzten Mal besucht hatte, mitgenommen. Es war paradox – ich hatte mich seinerzeit mit Dieter Domrich treffen wollen, um ihn in meine Probleme einzuweihen und um Rat zu bitten, und dann war er als Werkzeug von Jörg Bernhardt zu mir gekommen und hatte meine Nöte noch verstärkt.

Er hatte sich also vor dem Besuch bei mir Mut angetrunken, wie er selber es nannte, und hatte in seinem enthemmten Zustand die Quittung lediglich in der Absicht an sich genommen, mir zusätzlich ein wenig Ärger zu bereiten. Als er später, nach der Ermordung von Thomas Kroll, Bernhardt davon erzählte, hatte der offenbar sofort die Chance erkannt, mir mit Hilfe einer anonymen Beschuldigung und der verschwundenen Taxiquittung ernsthafte Schwierigkeiten zu bereiten.

Ich hätte Domrich mit Vorwürfen überhäufen und ihn massiv beschimpfen können, aber mir war nicht danach. Ich wollte aber unbedingt wissen, warum er sich von Bernhardt vor dessen Karren hatte spannen lassen und warum er offenbar keine Skrupel dabei gehabt hatte – jedenfalls bis heute Abend nicht. Domrich war nicht in der Verfassung, mir eine schlüssige und kohärente Erklärung für sein Verhalten zu geben. Aber seinen wirren Rechtfertigungsversuchen konnte ich immerhin entnehmen, dass ich ihn allzu oft hatte spüren lassen, dass ich ihn, wie er es nannte, nicht für voll nahm und dass ich mich ihm himmelhoch überlegen fühlte. »Und warum kommst Du nun zu mir und gestehst mir alles?« fragte ich ihn. Er setzte die Kaffeetasse ab, die er gerade zum dritten Mal geleert hatte, und erzählte mir, dass er am Vortag mitbekommen hatte, dass ich in der Firma und gegenüber der Polizei zunehmend in ein schiefes Licht geriet. Ihm sei klar geworden, dass er daran zumindest eine Mitschuld trug, und er wolle zumindest für sich reinen Tisch machen und mich in aller Form um Entschuldigung bitten.

So leicht wollte ich ihn nun aber doch nicht davonkommen lassen. Ich sagte ihm, dass ich diese Entschuldigung nur dann akzeptieren könne, wenn er ab sofort alle gegen mich gerichteten Aktionen unterlassen und mich bei meinen Bemühungen, mich vor allem gegenüber der Polizei zu rehabilitieren, uneingeschränkt unterstützen würde – auch wenn er dabei eigenes Fehlverhalten offenbaren müsste. »Und wo ist denn nun die Taxiquittung?«, fragte ich ihn schließlich. »Weg. Die hab ich weggeworfen«, antwortete er spürbar zerknirscht. »OK«, sagte ich, »warten wir mal ab, ob sie überhaupt noch mal eine Rolle spielen wird. Und nun kannst Du mir vielleicht auch noch gestehen, was Du über die Ermordung von Thomas Kroll weißt.« – »Wohl nicht mehr als Du«, antwortete er. Und in der Tat war nichts von dem, was er mir nun erzählte, für mich neu.

Ich gab ihm dann zu verstehen, dass er gehen könne, machte aber keine Anstalten, ihm ein Taxi zu besorgen. »Jürgen, ich kann verstehen, dass Du total sauer auf mich bist«, sagte er, als ich ihn zur Wohnungstür begleitete. »Du hast geglaubt, ich sei Dein Freund, und stattdessen hab ich Dir ganz übel mitgespielt. Ich hoffe, dass sich das wieder einrenken lässt!« Anstatt seine Hoffnung zu bestärken, sagte ich nur »Guten Heimweg!« und schloss rasch die Wohnungstür hinter ihm. Als ich die Balkontür meines Wohnzimmers öffnete, bemerkte ich, dass es draußen in Strömen regnete. »Geschieht ihm ganz recht«, dachte ich.

Das erste Gefühl, das mich überkam, nachdem dieses intrigante Häufchen Elend endlich meine Wohnung verlassen hatte, war – Hunger. Zumindest meinem vegetativen Nervensystem hatten also die Erschütterungen der letzten Wochen nicht viel anhaben können, was man vom somatischen wohl eher nicht behaupten konnte. Ich schob eine Tiefkühlpizza in den Backofen und räumte, während diese vor sich hin garte, den Tisch im Wohnzimmer auf.

Dass mein vermeintlicher Kumpel Jörg Bernhardt, der Kollege, mit dem ich die abstrusesten Geschichten über Fußball und Popmusik austauschen konnte, sich mir gegenüber wie ein Schwein verhalten hatte, machte mir immer noch schwer zu schaffen. Dass sich nun aber auch der harmlose, mir scheinbar mit Sympathie und sogar Bewunderung zugetane Dieter Domrich als krummer Hund entlarvt hatte, erschien mir wie ein Schlag in die Magengrube aus heiterem Himmel.

Und während ich nun die Pizza ziemlich lustlos vertilgte, erschienen mir die Krolls und Nollmanns dieser Welt plötzlich ganz fern, und ich begann, über meine Situation diesseits der Regionen von Mord und Totschlag nachzudenken. Jörg Bernhardt hatte sich in einen Hass gegen mich hineingesteigert, ohne dass ich ihm einen konkreten Anlass dafür gegeben hatte. Das mochte noch eher seinen Befindlichkeiten als meinem Verhalten zuzuschreiben sein. Dieter Domrich hatte vielleicht viel mehr, als mir bewusst geworden war, unter meiner Attitüde aus Besserwisserei und Überheblichkeit gelitten und war daher ein williges Werkzeug für die Winkelzüge von Bernhardt gewesen. Und es war doch erst wenige Monate her, dass mich Sabine verlassen hatte – nicht wegen eines großen Krachs, sondern weil sie offenbar zermürbt war von meinem Perfektionismus, meinem Rigorismus und den daraus resultierenden Ansprüchen an sie.

Hatte es tatsächlich zweier Todesfälle und ihrer Folgen bedurft, um mich auf solche selbstkritischen Gedanken zu bringen? Ich hatte in dieser Nacht große Mühe einzuschlafen, und ich wusste nicht, was mir schwerer im Magen lag – die hastig heruntergeschlungene Pizza oder die trübsinnigen Gedanken, die der vorangegangene Abend ausgelöst hatte.

29

Am nächsten Morgen fühlte ich mich viel besser – ich beschloss, meine Selbstvorwürfe abzuhaken, und fasste darüber hinaus den heroischen Entschluss, den Mordfall Thomas Kroll zu lösen – oder zumindest einen wesentlich Beitrag zu dessen Aufklärung zu leisten. Dieses Vorhaben erschien mir zwar ziemlich ambitioniert, aber keinesfalls undurchführbar. Es gab zumindest einen mir wichtig erscheinenden Anhaltspunkt – eine Verbindung zwischen der Witwe Nollmann und dem alten Kroll. Ich hatte ihren weißen SUV am Wochenende nach Nollmanns Selbstmord vor Krolls Haus stehen sehen, diesem Umstand aber seinerzeit keinerlei Bedeutung beigemessen. Es konnte ja gut sein, dass Kurt Kroll ihr bei dem Papierkram, der unweigerlich auf die Hinterbliebenen zukam, behilflich sein wollte.

Aber was war wohl der Grund dafür, dass die beiden abends gemeinsam in den Stadtpark fuhren – in die Gegend, wo Krolls Sohn ermordet aufgefunden worden war? Und hatte der Umstand, dass ihnen dabei möglicherweise ein Wagen gefolgt war, etwas zu bedeuten? Wurden die beiden etwa beschattet oder verfolgt? Mir erschien diese Mutmaßung zunächst ein wenig abenteuerlich, aber einerseits stand der Verdacht einer Erpressung doch schon seit dem Nollmann-Suizid im Raum, andererseits hatte die Polizei sich ja bei ihren Aktionen zur Aufklärung des Kroll-Mordes sicherlich nicht darauf beschränkt, mich mit Nachforschungen und Verhören zu peinigen – möglicherweise war der Verfolger des Paares ein Polizist in Zivil gewesen.

Glücklicherweise hatte ich an diesem Tag im Büro nicht besonders viel und weder Wichtiges noch Dringliches zu erledigen.

Ich wollte die Gelegenheit nutzen, mich als Detektiv zu betätigen, und plante zunächst die folgenden Schritte: Anruf bei Harald Romeike, Anruf bei Reuter und Recherche zur Person Thomas Kroll.

Mein erster Versuch, Romeike zu erreichen, schlug fehl. Nachdem es mindestens ein Dutzend mal geklingelt hatte, meldete sich eine Kollegin und teilte mir mit, dass er in einer Reaktionskonferenz war. Ich bat sie, ihn über meinen Anruf zu informieren und um einen Rückruf zu bitten. Offensichtlich hielt sie dies für eine arge Zumutung, ließ so etwas wie »Mmmmh« verlauten, das sowohl Zustimmung als auch Ablehnung bedeuten konnte, und legte dann wortlos auf.

Ich wollte die Reihenfolge Romeike-Reuter einhalten und erledigte während der Wartezeit einige Routinearbeiten. Dabei versuchte ich, die mir zur Verfügung stehenden Informationen zum Mord an Thomas Kroll ein wenig zu ordnen und auf dieser erkennbar äußerst schwachen Basis mögliche Tatmotive und potentielle Täter zu identifizieren.

Thomas Kroll war vermutlich in einem geschlossenen Raum ermordet worden, erwürgt wahrscheinlich. Seine Leiche war dann – gleich nach der Tat oder auch später – im Stadtpark an einer versteckten Stelle abgelegt worden. Die Person, die ihn erwürgt hatte, musste über beträchtliche Körperkräfte verfügen, vielleicht war die Tat auch für das Opfer überraschend und sogar im Affekt verübt worden.

Ich hatte schon mehrfach gelesen, dass ein Großteil aller Morde Beziehungstaten waren – die Täter stammten meist aus dem Umfeld des Opfers. Aus dem familiären Umfeld von Thomas Kroll kannte ich nur seinen Vater und, aber nur flüchtig, seinen älteren Bruder, der meines Wissens im Ausland lebte. Von irgendwelchen Lebensgefährtinnen war mir nichts bekannt.

Und musste man die Witwe Nollmann zur Familie rechnen?

Das berufliche Umfeld von Thomas Kroll hatte vermutlich im Wesentlichen aus den Kollegen von der Landesbühne bestanden – dem Ensemble, dem Geschäftsbereich des Intendanten, den Technikern, Bühnenbildnern, sonstigem Personal. In diesem Bereich lag ja auch das einzige mir bekannte mögliche Motiv für den Mord – es hatte kürzlich schwere Auseinandersetzungen zwischen Thomas Kroll und einem Kollegen gegeben. Und wenn diese auf den ersten Blick vielleicht auch nicht als hinreichender Grund für einen Mord erscheinen mochten – konnte nicht ein impulsiver, zu eruptiven Ausbrüchen neigender Theatermensch in einer hochemotionalen Situation alle Beherrschung verloren und einen Totschlag begangen haben?

Und welche Rolle spielte Nollmanns Witwe? Hatte nicht jemand – Reuter oder Müller-Wrede – behauptet, die Nollmanns hätten nur eine Scheinehe geführt? Hatte es, trotz des erheblichen Altersunterschiedes, vielleicht eine Beziehung zwischen Nollmanns Frau und Thomas Kroll gegeben? Und hingen die beiden Todesfälle deswegen möglicherweise miteinander zusammen?

Als ich mit meinen kriminalistischen Fingerübungen an diesem Punkt angekommen war, klingelte das Telefon – Harald Romeike. »Sam Spade, 111 Sutter Street«, brummte ich in das Telefon. »Aha, der Herr ist wieder zum Scherzen aufgelegt«, begann Romeike, »na, und wo brennt's denn? Ist der Malteser Falke schon wieder abhanden gekommen?« Ich setzte ihn kurz über die Ereignisse und Erkenntnisse der letzten Tage ins Bild, ohne allerdings meine Absicht zu erwähnen, mich selber aktiv an der Aufklärung des Todes von Thomas Kroll zu beteiligen. Dann fragte ich, was er denn Neues zu diesem Fall wisse. »Ich muss Dich leider enttäuschen, Jürgen. Dieser Mord ist zwar naturgemäß ein großes Thema für uns, aber ihm fehlt ein wenig der, na ja, Glamour- oder Promi-Faktor des Todesfalls Nollmann. Und von der Kripo erfahren wir auch nicht viel, trotz bester Verbindungen nach ganz oben.« – »Gibt es denn wenigstens irgendwelche Spekulationen über Täter, Motive, Ablauf der Tat und so weiter?« – »Nicht sehr viele. Du weißt ja von diesem Streit im Theater. Aber so recht kann keiner daran glauben, dass ein solcher Knatsch unter Schauspielern in Mord und Totschlag ausartet. Die Leutchen vom Theater neigen ja zu emotionalen Auftritten, und in der Regel ist das dann nichts Ernstes, sondern das reinste Schmierentheater.«

Ich war ziemlich enttäuscht – ein paar Anhaltspunkte hatte ich mir von diesem Telefonat doch erhofft. Nun war ich erst recht nicht mehr in der Stimmung, ihn in meine Gedankengänge einzuweihen, und beendete das Telefonat mit einem unfreundlichen »OK, Harald. Dann müssen wir uns wohl weiter gedulden und bis auf weiteres jeden Menschen aus der Umgebung von Thomas Kroll für einen potentiellen Mörder halten.«

Mit meinem anschließenden Anruf bei Reuter hatte ich mehr Glück – zumindest ging er sofort ans Telefon. »Tag, Herr Reuter, Rieger hier. Ich wollte mal hören, ob der Außendienst wieder mal das Gras wachsen hört.« Vom anderen Ende der Leitung drang ein leichtes Brummen an mein Ohr. »Sie wissen schon – hier gibt es inzwischen einen zweiten Todesfall, und der ist, anders als der Selbstmord von Nollmann, noch nicht aufgeklärt.« Reuter schien nicht in der Stimmung zu sein, auf diesen Plauderton einzusteigen – vielleicht war ihm grad ein dicker Neuabschluss durch die Lappen gegangen, und selbstverständlich war dann der Innendienst Schuld daran, der nach der Risikoprüfung auf gefahrerhöhende Umstände hingewiesen und einen Beitragsaufschlag gefordert oder sogar eine Ablehnung des Antrages empfohlen hatte.

»Wissen Sie, was mich ärgert?«, knurrte er. »Da ist doch wieder mal eine ganze Menge vertuscht worden. Typisch Innendienst. Typisch Vorstand. Da begeht ein Herr Nollmann Selbstmord, und die Gründe dafür werden mit dem Mantel des Schweigens zugedeckt. Das sollte mal im Außendienst passieren!« – »Wie meinen Sie das?«, fragte ich, ziemlich überrascht über diese Einlassungen. »Na, das müssen Sie doch wissen! Nollmann hatte Dreck am Stecken, es liefen doch auch diverse Untersuchungen dazu, aber als man merkte, dass eine Aufklärung den Ruf der Gesellschaft und das Saubermann-Image des Herrn Vorstandsvorsitzenden beschädigen könnte, hat man die Sache ganz schnell begraben.

Insofern war Ihre Formulierung sogar berechtigt – ich hör das Gras wachsen, das man über die Sache wachsen lässt!« – »Aber mir hat man erzählt, dass die Vorwürfe gegen Nollmann unzutreffend waren und auf eine Intrige zurückgehen.« Reuter ließ ein meckerndes Lachen hören. »Ja, da haben sich wohl einige ein bisschen blöd angestellt. Das ändert aber nichts daran, dass Nollmann krumme Dinger gedreht hat.« – »Und glauben Sie, dass diese Dinger so krumm waren, dass er sich deswegen umgebracht hat? Oder haben möglicherweise auch noch andere Motive eine Rolle gespielt?« Reuter antwortete nicht sofort. Dann sagte er mit großem Nachdruck: »Junger Mann, Nollmann ist gescheitert – beruflich und privat. Er hatte genug Gründe, seinem Leben ein Ende zu setzen. Was letztlich den Ausschlag gegeben hat, weiß ich nicht. Ich bin viel zu weit weg, und auch, wenn ich näher dran gewesen wäre, wüsste ich es nicht. Der Mann ließ doch keinen in sein Herz schauen.«

Ich merkte, dass er das Telefonat beenden wollte – dabei waren wir noch gar nicht zu dem Punkt gekommen, den ich eigentlich mit ihm besprechen wollte. Daher fragte ich rasch, ob er denn auch etwas Näheres über den Tod von Thomas Kroll wisse. »Nein – nur das eine: Nollmann hat ihn jedenfalls nicht umgebracht!« Er ließ wieder sein merkwürdiges Lachen hören und beendete unser Gespräch mit den Worten »So, und jetzt muss ich mich wieder um die Geschäfte kümmern. Sind schwer genug in diesen Zeiten. Ade, Dr. Rieger.«

Ich konnte es kaum glauben: Wenn Reuter recht hatte, war ich ein weiteres Mal über den Tisch gezogen worden. Anders, als Lohnert mich hatte glauben lassen, gab es für die Machenschaften von Jörg Bernhardt also doch einen realen Hintergrund. Er war folglich auch ein Bauernopfer gewesen, musste mir aber deswegen nicht leidtun.

Nun ja – die beiden Telefonate hatten mich in der Sache Thomas Kroll keinen Millimeter vorangebracht.

30

Ich ging wieder ins Internet und rief die Homepage des Städtischen Theaters alias Landesbühnen auf. Dann klickte ich die Galerie des Ensembles an. Ich versuchte mich daran zu erinnern, wie die großformatigen Porträtaufnahmen der Schauspieler ausgesehen hatten, die in meiner Kindheit und Jugend die Wände des Theaters geziert und mir damals mit ihrer Ausdrucksstärke und Eindringlichkeit großen Respekt eingeflößt hatten. Ich hatte alle möglichen Arten von Bärten, schwarze Rollkragenpullis und dicke Hornbrillen bei den männlichen Mimen vor Augen, während die Damen des Ensembles vor allem mit hochtoupierten Frisuren zu beeindrucken versuchten.

Die aktuellen Fotos der Schauspieler in Internet wirkten anders – lockerer, weniger pathetisch und vor allem sehr viel aufwendiger gestaltet. Die Gesichter waren nicht nur von Visagisten verschönt, sondern offensichtlich auch noch am Bildschirm bearbeitet worden, bei den Frisuren hatte man nicht nur geföhnt und toupiert, sondern massiv mit moderner Frisiertechnik und, falls erforderlich, mit Haarteilen aller Art nachgeholfen, und auch in punkto Ausleuchtung war der technische Fortschritt unverkennbar.

Beim Betrachten der Physiognomien fragte ich mich, ob sich hinter diesem und jenem Antlitz wohl ein potentieller Totschläger verbergen könnte, aber die diesbezügliche Trefferquote war gleich Null.

Unter all diesen gestylten Gesichtern erschien das von Thomas Kroll geradezu natürlich und in seiner Offenheit sympathisch.

Sein fast kindlich kleiner Kopf passte zu dem zierlichen Körper, den ich vor Augen hatte und der in so krassem Gegensatz zu der hünenhaften Figur seines Vaters stand.

Ich wollte gerade zu den Angaben zu seiner Person übergehen, als es mir plötzlich wieder einfiel: An jenem Tag, als ich Nollmann in meinem Zimmer, an meinem Schreibtisch und mit der Hand an der Tastatur meines PCs angetroffen hatte, wollte ich im Spielplan des Theaters nachschauen, ob in nächster Zeit ein Stück laufen würde, das mich interessierte. Und als ich in die Teeküche ging, um mich für diese Recherche mit Kaffee und Tee zu versorgen, hatte ich gerade genau diese Seite aufgerufen, auf der das Konterfei von Thomas Kroll erschien – wohl um nachzusehen, bei welchen aktuellen Inszenierungen er mitwirkte. Als Nollmann damals an meiner offenen Tür vorbeiging, konnte er also auf meinem Bildschirm das Konterfei von Thomas Kroll sehen – das war es also, was ihn bewogen hatte, mein Zimmer zu betreten und meinen Computer zu kontrollieren! Und dieser Impuls musste so stark gewesen sein, dass der sonst stets beherrschte, kontrollierte Nollmann alle Vorsicht hatte fahren lassen und riskiert hatte, von mir ertappt zu werden, was dann ja auch eingetreten war.

Gab es also eine Verbindung zwischen Nollmann und Thomas Kroll? Und vielleicht sogar einen Zusammenhang zwischen den beiden Todesfällen? Hatte Thomas Kroll ein Verhältnis mit Nollmanns Frau, und ahnte oder wusste Nollmann das? Fürchtete er, dass ich mich aus irgendeinem Grund für diese Affäre interessierte?

Ich fühlte, wie der Drang, diesen Dingen auf den Grund zu gehen, immer stärker wurde. Das Bedürfnis, endgültig jeden gegen mich gerichteten Verdacht aus den letzten Wochen zu entkräften, ja, ad absurdum zu führen, verstärkte meinen Ehrgeiz, den Mord an Thomas Kroll aufzuklären, zumindest aber einen substantiellen Beitrag zu seiner Aufklärung zu leisten.

Mir fiel ein, dass nach dem Tod von Nollmann auch die Frage geprüft worden war, ob Versicherungen auf sein Leben abgeschlossen worden waren. Eine solche Überlegung lag natürlich auch nach dem Mord an Thomas Kroll nahe, und ich hatte ja die Möglichkeit, dies für mein Unternehmen zu prüfen. Und tatsächlich – im Bestand waren hochsummige Versicherungen auf das Leben der Kroll-Söhne. In beiden Fällen war der alte Kroll Versicherungsnehmer, Beitragszahler und, im Todesfall, auch der Begünstigte. Sie waren nach einem besonders günstigen Mitarbeitertarif abgeschlossen worden, und bei ihrem Abschluss war keine Provision geflossen. Es schien also alles ordnungsgemäß abgelaufen zu sein.

Für Kurt Kroll war es sicherlich kein Trost, dass er nun einen hohen Betrag kassieren würde. Zugleich schied er aus dem Kreis der potentiellen Täter aus, sofern ihn überhaupt jemand verdächtigen würde. Er war ja Fachmann genug, um zu wissen, dass man an einen Mörder die Todesfallleistung für sein Opfer nicht auszahlen würde. Einen Antrag auf Auszahlung der Leistung hatte er erwartungsgemäß noch nicht gestellt – dieser würde ja auf meinem Tisch landen, selbst wenn man versuchen sollte, den üblichen Verwaltungsweg abzukürzen. Und auch das wusste Kroll: Bis zur Aufklärung des Mordes und zur Überführung des Täters wurde eine Auszahlung üblicherweise ausgesetzt.

Ein Klopfen an meiner Tür riss mich aus meinen kriminalistischen Überlegungen. Es war der Bote, der mich mit einem großen Stapel Akten und somit mit Arbeit für den Rest des Tages eindeckte.

Ich hatte vorgehabt, Harald Romeike anzurufen, um vielleicht von ihm etwas Genaueres über den Fundort der Leiche zu erfahren und mich mit dieser Information im Stadtpark auf die Suche nach Spuren zu begeben. Es ist ja kein Geheimnis, dass die Kriminalpolizei gelegentlich das eine oder andere Indiz übersieht, z. B. weil sie schlampig recherchiert oder den Tatort unter falschen Annahmen oder mit irreführenden Mutmaßungen absucht. Aber ein Blick aus dem Fenster dämpfte meine Hybris – die Tiefdruckgebiete hatten nun doch noch Einzug gehalten und unterstrichen dies mit einem veritablen Wolkenbruch. Das war nicht nur ein Grund, von einem Gang durch den Stadtpark Abstand zu nehmen, sondern zog leider auch nach sich, dass möglicherweise noch vorhandenen Spuren verwischt oder völlig zerstört wurden.

Also begnügte ich mich damit, Harald eine kurze SMS zu schicken. »Der alte Kroll kassiert ein hübsches Sümmchen aus der LV von Thomas. Melde mich morgen.«

Es schien so, als wäre dies der erste Tag seit langem, der kein Erschrecken, keine unangenehme Überraschung und auch keine Demütigung für mich bereithielt. Aber dann sollte sich leider doch noch das abgedroschene Sprichwort bewahrheiten, dass man den Tag nicht vor dem Abend loben soll – und erst recht keinen Arbeitstag vor dem Feierabend. Im Treppenhaus begegnete mir Lohnert in Begleitung von Königin Beatrix, die mal wieder ihre Drei-D-Devise in einschüchternder Perfektion demonstrierte – die Betonfrisur, bei der sich kein Härchen eine Aufmüpfigkeit gestattete, das klassisch-konservative dunkelblaue Kostüm mit dem kniebedeckenden Rock, der keinerlei Falten aufwies, und darüber ein ebenfalls blauer und ebenfalls völlig makelloser Sommermantel. »Na, Herr Doktor«, rief Lohnert mir zu, »denken Sie noch an Tucholsky?«, um dann in ein ziemlich lautes Lachen auszubrechen, wobei er nicht mich ansah, sondern sich beifallheischend zu seiner Assistentin umblickte. Hertha Gabler wusste offensichtlich gar nicht, worum es ging, zeigte aber doch ein kontrolliertes Lächeln.

Ich wusste, dass ich nach den gängigen Regeln Lohnerts Gemeinheit widerspruchslos zu schlucken hatte, aber ich brachte das nicht über mich. »Ja, und noch lieber an Carl von Ossietzky«, versetzte ich. »Der hat gesagt: Man kann nicht kämpfen, wenn die Hosen voller sind als das Herz.«

Inzwischen waren wir an der Tür zur Eingangshalle angekommen. Lohnert hielt die Tür auf, bis Hertha Gabler sie passiert hatte. Dann drehte er sich kurz und wortlos zu mir um und ließ direkt vor mir die Tür zufallen.

31

Die nächsten Tage – darunter ein Wochenende – waren für mich voller Tristesse. Harald Romeike meldete sich nicht. Wie ich später erfuhr, war er zu einem Urlaub nach Nordschweden aufgebrochen und befand sich tagelang in einem Funkloch nördlich eines Hafens mit dem traurigen Namen Kemie. Im Unternehmen schien niemand mehr an dem Mord an Thomas Kroll interessiert zu sein, und nicht einmal die Herren Söhnlein und Fritsche oder Kollegen von ihnen traten auf, jedenfalls bemerkte ich nichts davon.

Ich machte am Samstag und am Sonntag ausführliche, als Jogging verbrämte Erkundungszüge durch den Stadtpark, ohne auch nur die geringste Spur vom Fundort einer Leiche oder einen Anhaltspunkt dafür zu entdecken, dass Spurensicherung betrieben wurde oder ein Mörder an den Ort seiner Tat – in diesem Fall den Fundort seines Opfers – zurückkehrte.

Auch in der Zeitung gab es keine neuen Meldungen zu dem noch wenige Tage vorher so hoch gehandelten Verbrechen. Nur Frau Kuderke, die ich bei den Müllcontainern traf, sprach mich auf das immer noch ungeklärte Verbrechen an. Sie zeigte sich weiterhin besorgt darüber, dass ich mich gelegentlich in dem Sündenpfuhl namens Stadtpark herumtrieb – »Herr Rieger, denken Sie dran, welches Gesindel sich da herumtreibt!« Es war ihr auch aufgefallen, dass noch nicht einmal eine Todesanzeige erschienen war.

Anscheinend hatte alle Welt das Interesse an dem Mord verloren, und ich fragte mich, ob dies ein hinreichender Grund war, meine Ambitionen, als Sherlock Holmes zu agieren, zu begraben, oder ob ich mich nun gerade aufgerufen fühlen sollte, Licht in das Dunkel der Mordtat zu bringen. Ich kam zu dem Schluss, dass ich meine Möglichkeiten, den Fall aufzuklären, deutlich überschätzt hatte.

Am darauffolgenden Montag erreichte mich ein Anruf von Barbara Schöning. Sie war sehr kurz angebunden und sagte nach der Begrüßung nur knapp »Ich verbinde Sie mit Herrn Kroll.« Die anschließenden Geräusche in der Leitung ließen mich vermuten, dass Kroll nicht in seinem Büro war, sondern von zu Hause aus anrief. »Hallo Alfredo, Kroll hier!«, meldete er sich. Ich hatte sofort das Gefühl, dass er mit schwerer Zunge sprach – sollte er betrunken oder zumindest angetrunken sein? Ich hatte ihn gelegentlich bei Betriebsfeiern oder anderen alkoholaffinen Anlässen in angeheitertem Zustand erlebt und meinte mich zu erinnern, dass seine Stimme dann ähnlich schleppend geklungen hatte, wenn er mich, mir zuprostend, auf die Schippe nahm – »Na, Alfredo, immer noch der Meinung, dass dieser Hidedingsda besser war als Puskas?«

Doch es war weniger sein Zustand, der mich beschäftigte, als die Frage, wie ich mich ihm gegenüber verhalten sollte. Musste ich ihm nicht kondolieren? Mit welchen Worten? Aber der alte Kroll enthob mich dieser Sorge, denn er fuhr, mit leichtem Nuscheln, sogleich fort: »Ich möchte nicht, dass über den Tod von Thomas im Unternehmen zuviel geredet wird. Er hatte eine Lebensversicherung. Nimm diesen Vorgang mal an Dich, lass Pöchert die Berechnung machen und schick mir die Unterlagen nach Hause. Danke.« Dann legte er grußlos auf.

Merkwürdig – so kannte ich ihn gar nicht. Dass er in seinem offenkundig alkoholisierten Zustand nicht einmal das Wort Lebensversicherung aussprechen konnte, ohne mit der Zunge anzustoßen, mochte ja noch hingehen. Aber dieser ans Unhöfliche grenzende Kommandoton ohne jede Verbindlichkeit war völlig untypisch für ihn. Natürlich hatte ihn der Tod seines Sohnes schwer mitgenommen, aber dennoch war ich überrascht darüber, dass er dieses Gespräch derart brüsk beendet hatte.

Ich hatte während dieses kurzen Telefonats auf das Display meines Telefons geschaut – dort erschien nach dem Auflegen von Barbara Schöning eine mir unbekannte externe Nummer. Ich hatte die Privatnummer von Kroll zwar nicht im Kopf, aber nach meiner Erinnerung begann sie mit einer anderen Ziffernfolge. Es gab eine inoffizielle Liste mit den Adressen sowie den Festnetz- und Mobilfunknummern der Vorstände. Die hatte einmal ein übereifriger Vorstandsassistent erstellt, der während einer Urlaubszeit, in der die Vorstandsetage fast völlig verwaist war, von einem Vertreter einer Verbraucherschutzorganisation angerufen worden war. Dieser wollte wegen eines angeblich skandalösen Vorgangs, bei dem die Auszahlung einer Berufsunfähigkeitsrente verweigert worden war, einen zuständigen Vorstand sprechen. Es weilte kein Vorstand im Hause, und der Assistent verfügte über keine Telefonnummer, die er dem Anrufer hätte mitteilen können. Also versuchte er sich selber an einer Darstellung und Begründung des Sachverhalts und verstieg sich dabei zu derart unglücklichen Formulierungen, dass kurze Zeit später das Unternehmen in der Fachpresse fürchterlich durch den Kakao gezogen wurde.

Der Assistent, der seinen Job zunächst behielt, nahm diesen Vorgang zum Anlass, eine Liste mit den Anschriften und Rufnummern der Vorstandsmitglieder zu erstellen, was wiederum den heiligen Zorn der Diskretionsfetischistin Hertha Gabler erregte. Die Liste wurde einkassiert, und der Assistent musste ab sofort sein Dasein als Sachbearbeiter in der Abteilung »Allgemeine Dienste« fristen.

Dort sorgte der arme Teufel in seiner naiven Beflissenheit schon bald für den nächsten Eklat: Am Empfang erschien eines Tages ein Abgesandter einer charitativen Organisation, der angeblich wichtige Papiere abholen sollte. Er verwies dabei auf eine Zusage des Vorstandes. Der für die Beschaffung von Büromaterial zuständige Ex-Vorstandsassistent wurde eingeschaltet, stellte zwischen den Angaben »wichtige Papiere« und »Vorstand« die Verbindung

»persönliche Papiere« her und schickte den Bittsteller zum Personalchef. Dort stellte sich nach langem Hin und Her heraus, dass es sich bei den wichtigen Papieren um Altpapier handelte, das das Unternehmen für wohltätige Zwecke zur Verfügung stellte. Die Zusage dafür hatte ein Vorstand unter Missachtung einiger interner Regeln gemacht. Nach diesem neuerlichen Fehltritt wurde dem einstigen Hoffnungsträger nahegelegt, das Unternehmen zu verlassen. Seine Telefonliste aber hatte trotz der Aktion von Hertha Gabler in einigen Exemplaren überlebt und sicherte ihm ein ehrendes Andenken.

Mit Hilfe dieser Liste fand ich nun sofort heraus, dass der Anruf nicht aus dem Hause Kroll erfolgt war – doch direkt darunter – Lohnert gehörte ja dem Vorstand nicht mehr an – gab es einen Treffer: Es handelte sich um die Privatnummer des verblichenen Nollmann!

Bevor ich dieser Entdeckung weiter nachgehen konnte, musste ich mich um Krolls Anliegen kümmern. Mit mehreren Anrufen in den Verwaltungsabteilungen fand ich zunächst heraus, dass sich offenbar bisher niemand um die Abrechnung der Lebensversicherung von Thomas Kroll gekümmert hatte.

Dann rief ich Pöchert an. Der war ein Fossil in der versicherungsmathematischen Abteilung. Er hatte als junger Aktuar zu den armen Teufeln gehört, die sich mit dem legendär geizigen früheren Chefmathematiker bei Betriebs- und Abteilungsausflügen eine Flasche Cola teilen mussten. »Ja, Pöchert hier, was gibt's?«, knurrte er zum Auftakt in die Leitung. »Guten Tag, Herr Pöchert, Rieger hier«, antwortete ich, »ich rufe im Auftrag von Herrn Kroll an. Er bittet um eine Abrechnung der Lebensversicherung seines Sohnes und wünscht, dass wir beide das ohne Einbeziehung anderer Kollegen machen.« – »Ja, abrechnen können wir vieles«, entgegnete Pöchert und begann dann, in der für ihn typischen Art die Gründe dafür aufzuzählen, dass es völlig überflüssig, in jedem Fall aber verfrüht sei, vor Klärung der Todesursache eine Berechnung durchzuführen. »Ja, Herr Pöchert, ich weiß, dass wir noch gar nicht auszahlen dürfen, aber darum geht es doch gar nicht. Herr Kroll möchte einfach wissen – und zwar so schnell wie möglich –, wie hoch die Todesfallleistung sein wird.« – »Und warum will er das unbedingt wissen? Der nagt doch nicht am Hungertuch!« – »Herr Pöchert, woher soll ich das wissen? Und die Berechnung ist doch wohl eine Kleinigkeit für Sie« Mit dieser Bemerkung hatte ich in ein Wespennest gestochen, denn nun legt Pöchert erst richtig los: »Was wissen Sie denn! Kroll hat seine sämtlichen Lebensversicherungen nach dem ältesten noch offenen Haustarif abgeschlossen. Diesen Tarif haben wir wegen des zu kleinen Bestandes seinerzeit nicht in die neue Bestandsführung migriert, und das bedeutet, dass ich alles zu Fuß ausrechnen muss. Diese Tarife wurden vor Jahrzehnten noch in FORTRAN programmiert!« – »Deshalb sind Sie ja auch genau der Richtige, um nicht zu sagen: der einzige Mann für diese Aufgabe«, versuchte ich ihm zu schmeicheln, obwohl mir bewusst war, dass so etwas bei dem alten Hagestolz Pöchert nicht verfing. »Sparen Sie sich das Gesäusel«, ranzte er mich an und fuhr fort: »Ich hab hier noch einen wichtigen Vorgang, den ich abschließen muss. Danach kümmer ich mich dann um Ihren Kram. Spätestens morgen mittag haben Sie es. War's das?« – »Ja, das war's, Herr Pöchert, danke!«, sagte ich und wollte das Telefonat ohne weitere Worte beenden. Doch Pöchert war noch nicht fertig »Todeszeitpunkt?« bellte es durch die Leitung. »Ach, nehmen Sie einen Tag vor Auffinden der Leiche«, antwortete ich. Dann legte ich auf.

32

Nun konnte ich meine Detektivarbeit wieder aufnehmen. Es war mit den Händen zu greifen, dass zwischen dem alten Kroll und der Witwe Nollmann eine Verbindung bestand. Ich hatte kurz nach dem Tod von Nollmann ihren SUV vor dem Haus von Kroll stehen sehen, sie waren zusammen auf den Parkplatz am Stadtpark gefahren, und nun war auch noch ein Anruf Krolls vom Apparat im Hause Nollmann eingegangen. Sollten die beiden ein Verhältnis miteinander haben? War dieses Verhältnis möglicherweise der Grund für Nollmanns Suizid gewesen? Gänzlich ausgeschlossen war das nicht. Kroll war Witwer, von irgendwelchen Lebensgefährtinnen war mir nichts bekannt, und für Nollmann wäre es sicherlich eine schlimme Demütigung gewesen, wenn seine Frau eine Beziehung zu einem Vorstandskollegen eingegangen wäre. Andererseits – wenn Nollmann homosexuell gewesen wäre, hätte ihm das vielleicht sogar ganz recht sein können – da hoben sich die außerehelichen Eskapaden doch geradezu gegenseitig auf! Und der Mord an Thomas Kroll – musste ich den Täter dann doch im Theater oder dessen Umfeld suchen?

Ich versuchte als nächstes, etwas mehr über das Mordopfer herauszubekommen. Die Website des Stadttheaters gab nicht viel her. Der Eintrag zu Thomas Kroll – welcher nun schon über eine Woche tot war, ohne dass dies irgendwo vermerkt war – enthielt nur einige Standardangaben: sein Alter, den Besuch einer mir völlig unbekannten Schauspielschule, die Rollen, die er gespielt hatte. Aber es wurde auf seinen Blog verwiesen.
Mir stellte sich die Frage, ob die Kriminalpolizei, die den Mord

untersuchte, wohl auf den Gedanken gekommen war, diesen Blog anzuschauen. Diesem musste ja zumindest zu entnehmen sein, wann Thomas Kroll noch gelebt hatte, wenn er, was zu vermuten war, diesen selber bedient hatte. Kannten sich Söhnlein, Fritsche und ihre Kollegen mit den modernen Kommunikationsformen aus? Ich fand heraus, dass der letzte Eintrag zwei Tage vor dem Auffinden seiner Leiche erfolgt war. Und dieser Eintrag schloss völlig unvermittelt und ohne Bezug zu dem Vorstehenden mit den kryptischen Worten »This Town Ain't Big Enough For The Both Of Us. And It Ain't Me Who's Gonna Leave!«

Ich wusste, woher diese Sätze stammten – aus einem Lied der längst vergessenen Popgruppe The Sparks. Was hatte Thomas Kroll damit zum Ausdruck bringen wollen? War »die Stadt«, die zu klein für zwei war, vielleicht das Stadttheater, und sollte das Zitat besagen, dass dort kein gemeinsamer Platz für ihn und seinen Kontrahenten wäre? Und dass nicht er es sei, der deshalb das Haus verlassen würde? Einen Moment lang hatte ich den Impuls, mich mit der Kripo in Verbindung zu setzen, um dort meine Überlegungen mitzuteilen und vielleicht im Gegenzug ein paar Informationen über den Stand der Ermittlungen zu erhalten. Aber dann überwogen die Bedenken davor, mich allzu sehr in eine lächerliche Miss-Marple-Rolle zu begeben, und ich beschloss, zunächst einmal weitere Informationen zu sammeln oder, falls dies nicht gelang und auch der berühmte Kommissar Zufall mir nicht zur Hilfe kam, auf dem bisherigen Kenntnisstand weitere Schlussfolgerungen anzustellen.

Spätabends zog ich nach längerem Suchen die LP »Kimono My House« aus meiner Plattensammlung heraus. Gleich das erste Stück auf Seite 1 war »This Town…« War Thomas Kroll vielleicht eine verwandte Seele gewesen, der wie ich durch Texte der Popmusik Botschaften empfing oder aussandte? Für den die Stücke mancher Interpreten mehr bedeuteten als nur Geräuschkulisse oder Entertainment?

Ich schaute mir die Plattenhülle mit den beiden Geishas an, die eine mit entsetztem Blick und vor die Wangen geschlagenen

Händen, die andere mit einem erhobenen Fächer, neben dem sie verschmitzt hervorgrinste. Bedeutete dieses Foto mehr als eine Anspielung auf den Plattentitel? Mir fiel beim Betrachten des Covers, das weder den Namen der Band noch den Titel des Albums enthielt, wieder ein, dass der Titel eine Verballhornung eines Anfang der fünfziger Jahre sehr populären Liedtextes war – »Come On-a My House« von Rosemary Clooney. Doch auch diese Reminiszenz half mir nicht weiter.

Ich durchforstete daraufhin die Webseiten des Stadttheaters auf der Suche nach irgendwelchen optischen oder verbalen Hinweisen oder Anspielungen auf Kimonos, Geishas, Japan, Tokio – ohne jeden Erfolg. Es gab keinen Japaner, auch keinen anderen Ost- oder Südostasiaten im Ensemble, und das Haus hatte als Sprechbühne auch keine Stücke wie »Land des Lächelns« oder »Madame Butterfly« im Repertoire.

Als ich am nächsten Morgen mein Büro betrat, lag auf meinem Schreibtisch ein knallroter Ordner mit einem Aufkleber, der verriet, von wem er kam – »A. Hermann Pöchert«. Dies waren die Namensangaben, die Pöchert selber stets für sich verwendete, vermutlich in der irrigen Annahme, dass Dritte nicht darauf kommen würden, was sich wohl hinter dem »A.« verbarg, und in Verkennung der Tatsache, dass auch der Vorname Hermann für jemanden, der das »A.« entschlüsselt hatte, nicht ganz unverdächtig war. Daran anknüpfende Spekulationen, diese Vornamen ließen auf die politischen Vorlieben von Pöchert schließen, hatten sich nie erhärten lassen. Pöchert machte zwar aus seiner autoritären und erzkonservativen Gesinnung keinen Hehl. Er zog aber, wie ein Kollege aus der Mathematischen Abteilung es ausdrückte, stets eine klare Trennungslinie zwischen dem gesunden Menschenverstand, den er selbstverständlich für sich beanspruchte, und dem gesunden Volksempfinden.

Der Ordner enthielt mehrere DIN A4-Seiten, auf denen der Versicherungsverlauf dokumentiert und am Ende die Todesfallleistung ausgewiesen wurde, ein Betrag, der mich staunen ließ: fast eine halbe Million EURO. Neben diese Summe hatte Pöchert handschriftlich notiert, dass der von ihm unterstellte Todestag »fiktiv« sei – das war ebenso zutreffend wie überflüssig: Der zu Grunde liegende Tarif und die bei ihm angewendeten Berechnungsverfahren hätten auch bei einem um mehrere Tage verschobenen Todesfallzeitpunkt keinen anderen Wert ergeben. Typisch Pöchert, der Pedant.

Sicherheitshalber kopierte ich die Ausdrucke und rief dann Barbara Schöning an. »Hallo, Frau Schöning. Mir liegt jetzt die Berechnung der Todesfallleistung für Thomas Kroll vor. Herr Kroll wollte sie ja so rasch wie möglich haben. Ist er im Hause?« Barbara Schöning war offensichtlich besser gestimmt als am Vortag. Sie antwortete: »Herr Dr. Rieger, Sie könnten mir einen großen Gefallen tun. Sind Sie mit dem Auto hier?« Ich bejahte. »Ich habe hier mehrere Vorgänge, die für Herrn Kroll bestimmt sind. Können Sie einfach zu ihm hinfahren und ihm alles bringen? Es ist momentan kein Chauffeur verfügbar, und ich selber muss am Platz bleiben.« Auf meinem Terminkalender für diesen Tag standen weder Sitzungen noch irgendwelche dringenden Erledigungen. »Kein Problem! Ich komme bei Ihnen vorbei und hole die Sachen ab. Dann fahr ich gleich zu Herrn Kroll.« – »Sie sind ein Schatz!« Endlich wieder der gewohnte warme Ton von Barbara Schöning! Entsprechend ihr »Herein!« und ihre freundliche Miene, als ich ihr Büro betrat. Sie reichte mir eine Aktentasche und sagte, dass sie Herrn Kroll anrufen und ihm mitteilen würde, dass ich mit den erwarteten Unterlagen zu ihm unterwegs sei.

Ich war erst eine kurze Strecke gefahren, als mein Handy läutete. Eine nicht weit vor mir liegende freie Parkbucht enthob mich der Versuchung, das Gespräch während der Fahrt anzunehmen. Nachdem ich cden Wagen eingeparkt und den Motor ausgeschaltet hatte, griff ich zum Handy. Frau Schöning meldete sich. »Ich habe Herrn Kroll nicht erreicht. Wenn er auf Ihr Klingeln nicht öffnet, gehen Sie bitte ums Haus herum. Neben der Terrasse steht so eine Art Verschlag, in dem Gartengeräte aufbewahrt werden. Die Tür ist nicht verschlossen. Dort können Sie die Tasche ablegen.« – »Yes, Ma'am, I'll do my very best«, antwortete ich, vielleicht einen Tick zu salopp, aber ich hoffte, hinreichend viel von Barbara Schönings Verständnis und Sympathie dafür zu haben.

33

Vor dem Krollschen Haus stand kein Auto – sein eigenes war entweder unterwegs oder in der Garage, und auch das weiße SUV von Frau Nollmann war nicht zu erblicken. Ich klingelte an der Pforte. Im Haus regte sich nichts. Die Pforte ließ sich nicht öffnen, und so klingelte ich erneut. Dieses Szenario hatte Frau Schöning wohl nicht vorausgesehen, als sie mir den Hinweis zum Deponieren der Aktentasche gegeben hatte. Ich schaute mich um – die Straße war menschenleer, und die Pforte ließ sich leicht übersteigen. Nachdem ich auch die Pöchertsche Akte in der Tasche verstaut hatte, stellte ich zunächst diese jenseits der Pforte ab und suchte sodann nach einem geeigneten Ausgangspunkt zum Übersteigen.

In diesem Augenblick öffnete sich die Tür des Nachbarhauses, und ein Mann trat heraus – ich schätzte ihn auf etwa sechzig Jahre, Glatze, dunkle Hornbrille und Pfeife im Mundwinkel. Er verschloss seine Haustür und ging in Richtung Straße – da erkannte ich ihn. Ich hatte gar nicht gewusst, dass Herbert Ducke auch im Bonzenghetto wohnte und sogar der Nachbar von Kroll war. Er kannte mich, weil ich gelegentlich an Veranstaltungen und Empfängen seiner Zeitung teilgenommen hatte, zweimal sogar als Referent, und weil ich ihm auch von Harald Romeike vorgestellt worden war.

Ich ließ die Tasche stehen und ging auf Ducke zu. Er betrachtete mich mit leicht gerunzelter Stirn und fragendem Blick, doch nachdem ich mich als Mitarbeiter von Kroll ausgegeben und ihn an unsere Begegnungen in seinem Hause erinnert hatte, hellte sich seine Miene auf. »Sie wollen zu Kroll, und er ist nicht da oder macht nicht auf?«, fragte er. »Ja, und da ich eine Tasche abzugeben habe, wollte ich einfach über die Pforte klettern und die Tasche hinter dem Haus deponieren.« – »Das könnte schiefgehen«, meinte Ducke, nachdem er die Pfeife aus dem Mund genommen hatte. »Auch wenn Sie hier keine Menschenseele erblicken, müssen Sie doch damit rechnen, dass wachsame Augenpaare Sie im Fokus haben. Wenn ich vorher gewusst hätte, wie man hier beobachtet und kontrolliert wird, wäre ich niemals in diese Gegend gezogen. Der Thomas Kroll hat auch darunter gelitten – Schauspieler haben nun mal einen gänzlich anderen Rhythmus als die Normalbürger und natürlich auch einen anderen Lebensstil... Wenn er es sich hätte finanziell leisten können, wäre er längst weggezogen. Natürlich auch, um dem autoritären Alten zu entgehen. Arme Hungerleider, diese Komparsen an den staatlichen Theatern!«

Ich wunderte mich über die Redseligkeit von Ducke und ergriff die Chance, vielleicht noch mehr über Thomas Kroll und seine Lebensumstände in Erfahrung zu bringen. »Über seinen Tod scheint es ja immer noch keine Klarheit zu geben. Noch nicht einmal Todesanzeigen sind erschienen.« – »Ja, der Alte ist völlig von der Rolle. Und die Städtischen Bühnen können schlecht eine Anzeige mit einem Nachruf auf Thomas Kroll schalten, so lange unklar ist, ob nicht ein Mitglied des Ensembles den Tod verursacht hat. Was ich persönlich nicht glaube. So, und nun muss ich Sie Ihrem Schicksal überlassen. Der Herr Oberbürgermeister bittet zur Pressekonferenz. Drucken wir also wieder mal einen Haufen User Generated Content – so heißt das doch heute, oder?« Er steckte die offensichtlich kalte Pfeife wieder in den Mund, ging auf einen Porsche auf der anderen Straßenseite zu und zwängte sich hinter das Steuer. Der donnernde Start des 911ers lockte mit Sicherheit wesentlich mehr an ihrer Umgebung interessierte Insassen dieses gutbürgerlichen Wohnquartiers an ihre Fenster und Türspione als mein Erscheinen an Krolls Pforte.

Ich erwog kurz, Barbara Schöning anzurufen und sie zu fragen, wie ich mich verhalten sollte, doch dann stach mich der Hafer und ich kletterte, ohne mich weiter um mögliche Beobachter zu scheren, über die Pforte, nahm die Tasche und ging um das Haus herum. Erst dabei fiel mir auf, dass der kleine Garten, der das Haus umgab, in einem mitleiderregenden Zustand war. Die Blumen und Sträucher waren völlig ungepflegt und teilweise vertrocknet, und der Rasen war sicherlich seit mehreren Wochen nicht mehr gemäht worden.

Hinter dem Haus befand sich eine kleine Terrasse, auf der Gartenmöbel standen. Daneben befand sich tatsächlich ein kleiner Holzschuppen mit angelehnter Tür. Von der Terrasse führte eine Schiebetür ins Haus, und es sah so aus, als sei diese Tür nicht verschlossen. Sollte ich…?

So geräuschlos wie möglich schob ich die Tür auf und horchte dabei ins Haus hinein, von wo aber keinerlei Geräusche kamen. Ich kam in ein großes, modern eingerichtetes Wohnzimmer, an dessen gegenüberliegender Wand ein riesiger Flachbildschirm hing. Auf dem Couchtisch standen Geschirr und Gläser herum, was ich jedoch kaum beachtete, zu sehr war ich darauf konzentriert, mich möglichst leise zu bewegen und zugleich jede Bewegung, jeden Laut im Haus zu erfassen. Neben der Zimmertür stellte ich die Aktentasche ab.

Dann betrat ich den Flur und schaute in jeden von dort abgehenden Raum, doch da war niemand. Sollte ich es auch noch riskieren, in das obere Stockwerk zu gehen? Ich musterte die Treppe – diese war mit dickem, in der Mitte allerdings stark abgenutztem Teppichboden belegt, der hoffentlich meine Schritte dämpfen und das typische Knarren der Stufen schlucken würde. So lautlos wie möglich schlich ich nach oben. Von dem oberen Flur aus konnte man in vier Räume gelangen, deren Türen alle offenstanden. Nun hörte ich es – aus einem der Räume kamen gleichmäßige Geräusche, vermutlich ein Schnarchen. Fast auf den Zehenspitzen näherte ich mich der Tür und erblickte – den alten

Kroll, der in bekleidetem Zustand bäuchlings quer über einem Bett lag und offenbar fest schlief. Ein kurzer Blick in den Raum hinein zeigte mir, dass er allein war.

Der kleine Raum daneben war eingerichtet wie ein Büro, mit Schreibtisch, Computer und Regalen, in denen überwiegend Akten standen. Dann kam ich zum Badezimmer, das noch weniger aufgeräumt zu sein schien als die anderen Räume. Der letzte Raum musste wohl das Zimmer von Thomas Kroll sein. Die Tür war angelehnt, und als ich sie langsam aufschob, wurde meine Vermutung bestätigt: Es handelte sich der Einrichtung gemäß um ein Kinderzimmer, dem man nur auf Grund weniger Gegenstände ansah, das es von einem erwachsenen Menschen bewohnt wurde. Bevor ich dazu kam, das Zimmer näher in Augenschein zu nehmen, fiel mein Blick auf die Liege, die wohl auch als Bett benutzt wurde. Auf dieser Liege lag ein Kleidungsstück, und es konnte keinen Zweifel geben: Das war ein Kimono.

Meine ohnehin kaum noch erträgliche Anspannung löste bei diesem Anblick einen unwiderstehlichen Fluchtreflex aus. Mit leisen Schritten, aber so schnell wie möglich, verließ ich das obere Stockwerk, durchschritt den unteren Flur und das Wohnzimmer, schob sachte die Terrassentür zu und ging um das Haus herum nach vorn.

34

Schräg gegenüber hatte ein Taxi angehalten, und der Fahrgast, ein Mann etwa in meinem Alter, war gerade im Begriff auszusteigen. Sein Blick fiel auf mich, und mir war sofort klar, dass ich ohne eine Begründung für meine Anwesenheit auf dem durch eine Pforte abgesperrten Grundstück von Kroll nicht davonkommen würde. Ich blieb an der Pforte stehen und sah, dass der Taxifahrer zwei Gepäckstücke aus dem Kofferraum hob, die Bezahlung entgegennahm, einstieg und davonfuhr. Der Mann überquerte die Straße, sah mich misstrauisch an und stellte apodiktisch fest: »Ich kenne Sie nicht.«

Ich nahm meinen ganzen Mut zusammen und antwortete: »Sehr beruhigend! Ich kenne Sie nämlich auch nicht. Aber das ist ja bis heute gut gegangen, und es wird hoffentlich auch weiter gut gehen.« Meine Keckheit schien ihm zu imponieren. Er fixierte mich noch schärfer und sagte dann: »Wissen Sie, wir sind hier in der Straße eine verschworene Gemeinschaft. Jeder hilft jedem. Jeder passt auf jeden auf. Das ist sozusagen lupenreiner Kommunismus, he-he-he!« Sein meckerndes Lachen gefiel mir gar nicht. Er schien auf eine Erklärung von mir zu warten, aber ich tat ihm den Gefallen zunächst nicht, sondern wartete auf seine nächste Einlassung. Diese kam dann auch sehr rasch. »Ist Mutti noch Bundeskanzlerin?« Diese Frage schien mir an Absurdität alles zu übertreffen, was mir in den letzten Tagen widerfahren war, und dementsprechend muss meine verständnislose Miene geraten sein.

Er lächelte nachsichtig. »Kennen Sie denn nicht die nette Anekdote von dem Amerikaner, der sich in den dreißiger Jahren alle vier Teile vom ›Ring des Nibelungen‹ nacheinander angeschaut hat, anschließend benommen aus dem Festspielhaus taumelt und den ersten Besten, den er trifft, fragt ›Ist Roosevelt noch Präsident?‹ Sehen Sie, und so ähnlich geht es mir nach meinem Urlaub mit Frau Merkel.« – »Aha« – das war alles, was ich daraufhin herausbrachte. Sollte hier, im Bonzenghetto, schräg gegenüber von Kurt Kroll, ein Individuum existieren, das meine Zitatenwut noch in den Schatten zu stellen vermochte?

»Hat sich die Lage bei Familie Kroll wieder beruhigt?«, fragte er dann zu meiner nicht geringen Überraschung. »Äh – wie meinen Sie das?«, fragte ich zurück. »Na ja, am Tag meiner Abreise haben die beiden Herren sich ja so laut angebrüllt, dass die ganze Straße es mitgekriegt hat. Es war ja nicht das erste Mal, aber so schlimm hab ich es noch nicht erlebt.« Dann schien er es plötzlich so eilig zu haben, dass er sich abrupt abwandte, mir beim Überqueren der Straße nur noch »Na, Gott sei Dank ist ja nun wieder Ruhe! Ciao!« zurief und dann mit seinen beiden Koffern in einem der gegenüberliegenden Häuser verschwand. Als ich ihm nachsah, fiel mein Blick auf ein Auto, das ein Stückchen weiter am Straßenrand stand und wie meines nicht in diese vornehme Gegend zu passen schien. Ich hatte den Eindruck, dass am Steuer jemand saß und in meine Richtung schaute. Und dann fiel mir ein, wo ich dieses Fahrzeug schon einmal gesehen hatte – am Stadtpark, wo es möglicherweise dem SUV von Frau Nollmann verfolgte. Ich ging zu meinem Auto und fuhr zurück in die Firma.

Da ich das soeben Erlebte zunächst einmal überdenken und verarbeiten wollte, war es mir ganz recht, dass ich als einer der letzten zum Mittagessen in die Kantine kam und niemand mehr da war, der mich auf die Causa Kroll ansprach. Auch den ganzen Nachmittag über blieb ich diesbezüglich unbehelligt. Nicht einmal Barbara Schöning rief an, um mich nach dem Verlauf meiner Mission zu fragen. Dieter Domrich blieb auf Tauchstation, und auch Martin Blumberg hatte offenbar weder etwas zu sagen noch mich etwas zu fragen. Über ein Lebenszeichen von Sabine hätte ich mich natürlich gefreut, aber auch das gab es nicht.

Als ich abends nach Hause kam, klebte an meinem Briefkasten ein Zettel, auf dem in penibler Handschrift »Sie haben eine Sendung im Briefkasten. Bitte um Rückruf. Gruß, K. Kuderke« geschrieben stand.

Als ich den Kasten öffnete, fielen mir gleich mehrere Umschläge entgegen. Es handelte sich um lauter normale Postsendungen, bis auf eine – ein braunes C5-Couvert ohne jede Aufschrift. Dies war vermutlich die Sendung, die Frau Kuderke entgegengenommen und in meinem Kasten deponiert hatte. In einem ersten Impuls wollte ich den Umschlag sofort aufreißen, aber dann bezwang ich vorübergehend meine Neugier und meine Ungeduld und stieg zunächst zu meiner Wohnung hinauf. Ohne meine Jacke und meine Schuhe auszuziehen, ging ich zum Schreibtisch und schlitzte mit dem Brieföffner den braunen Umschlag auf.

Er enthielt zwei DIN A4-Seiten, die mit insgesamt fünf Fotos bedruckt waren. Die Abdrucke waren unscharf – vielleicht, weil bereits die Fotografien unscharf gewesen waren, vielleicht auch, weil die Reproduktion schlampig durchgeführt worden war. Was die Aufnahmen zeigten war aber ganz deutlich zu sehen – Menschen in Kimonos. Und bei diesen Menschen, deren Gesichter teils frontal und teils seitlich erfasst worden waren, handelte es sich ohne jeden Zweifel um Werner Nollmann und Thomas Kroll.

Ich ließ mich wie betäubt in einen Sessel fallen. Nollmann und der junge Kroll! Es gab also doch eine direkte Verbindung zwischen den beiden Todesfällen. War Nollmann vielleicht doch ermordet worden? Vom selben Mörder wie Kroll? Oder hatte Thomas Kroll Nollmann ermordet? Und, für den Augenblick viel wichtiger – wer hatte die Fotos angefertigt und für mich abgegeben? Und warum?

Da läutete das Telefon. Es war die Witwe Couderc. »Herr Dr. Rieger, warum melden Sie sich denn nicht bei mir?«, fragte sie mit vorwurfsvollem Unterton. »Ich bin gerade erst nach Hause gekommen und bin gerade dabei, die Post zu sichten«, gab ich zurück. »Ja, eben«, sagte sie, »und da wollen Sie doch sicher wissen, wer den Umschlag für Sie abgegeben hat…« – »Ja, klar«, fiel ich ihr ins Wort, »ich wollte Sie auch gerade anrufen, aber da sind Sie mir zuvorgekommen.« In diesem Moment klingelte es an meiner Tür. »Frau Kuderke, ich muss auflegen, bei mir hat es gerade geklingelt«, sagte ich und fügte noch hinzu: »Ich ruf Sie nachher zurück.« Dann legte ich, ohne eine Antwort von ihr abzuwarten, den Hörer auf. Kam nun der anonyme Absender des braunen Umschlags mit den Fotos zurück?

Das Klingeln war offenbar von der Haustür gekommen, denn die Klingel an der Wohnungstür hatte einen anderen Ton. Ich ging an die Sprechanlage. »Ja, hallo?« – »Fritsche hier. Wir kennen uns ja, Herr Rieger. Lassen Sie mich bitte rein?« Ich drückte auf den Türöffner und nutzte die Zeit, die Fritsche für den Aufstieg zu meiner Wohnung brauchen würde, um die Türen zur Küche und zum Schlafzimmer zu schließen – beide Räume waren nicht gerade besonders gut aufgeräumt.

35

Fritsche kam, aber nicht allein. In seinem Schlepptau hatte er ein schmächtiges Männchen, das mir vom ersten Moment an unsympathisch war. Fritsche stellte das Kerlchen als »Mein Kollege Schütz« vor, und mir fiel auf, dass er die Rangbezeichnung ausließ. Schütz war die personifizierte Unauffälligkeit und Graumäusigkeit, strahlte dabei aber paradoxerweise ein beunruhigendes Maß von Angriffslust, ja, Gefährlichkeit aus. Kaum hatte er grußlos meine Wohnung betreten, so schien er alles mit Argusaugen abzusuchen und dabei in jedem Winkel etwas Verbotenes zu wittern.

Ich bat die beiden ins Wohnzimmer und bemerkte erst dann, dass es wohl etwas Dringlicheres als das Schließen meiner Türen gegeben hätte, denn auf dem Tisch lagen die Fotos aus dem braunen Umschlag – man musste nicht ein menschliches Aufzeichnungsgerät namens Schütz sein, um diese sofort zu entdecken.

Komischerweise taten beide Beamten so, als würden sie ausgerechnet diese ins Auge fallenden Abbildungen nicht bemerken. Sie kamen meiner Aufforderung, Platz zu nehmen, sofort nach, lehnten aber die von mir angebotenen Getränke – Wasser, Kaffee, Tee – ab. Fritsche begann in dem mir wohlbekannten leutseligen Tonfall. »Wir wollen Sie nicht lange aufhalten, Herr Rieger. Sie wollen vermutlich nachher auch das Spiel sehen.« Daran hatte ich gar nicht mehr gedacht in meiner von Kroll, Kuderke und Kimonos bestimmten Gemütslage – Champions-League, im Free-TV zu empfangen. Ich versuchte es mit einem müden Scherz.

»Ja, natürlich. Ich halte mich an die Devise von Bill Shankly.« – »Und die lautet?« – »Einige Leute halten Fußball für einen Kampf um Leben und Tod. Ich mag diese Einstellung nicht. Ich versichere Ihnen, dass es viel ernster ist!« Ich konnte es mal wieder nicht lassen, und Fritsche nahm mein Angebot dankend an: »Womit wir auch schon beim Thema wären – Leben und Tod. Mit der Betonung auf Tod!« Seine Leutseligkeit war von einer Sekunde auf die andere verflogen. »Herr Rieger, Sie haben ja schon einmal den Hals aus der Schlinge gezogen, aber jetzt ist er wieder drin.« Er machte eine kurze Pause, die ich nur allzu gern genutzt hätte, um unauffällig die Fotos verschwinden zu lassen. Aber das war natürlich unter den mehr als Wachen Blicken von Fritsche und seinem Faktotum unmöglich.

»Und wieso?«, fragte ich einigermaßen zuversichtlich, denn ich wusste ja nicht nur, dass ich mir nichts hatte zuschulden kommen lassen. Ich war mir darüber hinaus auch sicher, dass ich nichts getan oder unterlassen hatte, wodurch ich irgendeinen begründeten Verdacht auf mich ziehen konnte.

Fritsche erhöhte angesichts meiner Selbstsicherheit sofort den Druck. »Mein Kollege Schütze hat im Zusammenhang mit dem Mord an Thomas Kroll eine Sonderaufgabe. Und das Merkwürdige ist – bei der Durchführung dieser Aufgabe ist er fast täglich auf Sie gestoßen. Und was würden Sie denn wohl denken, wenn Sie im Zuge der Ermittlungen in einem Mordfall ständig auf einen scheinbar Unbeteiligten stoßen würden, Monsieur?« – Es lag mir auf der Zunge, mich mit einem »Nicht ›stoßen würden‹, Herr Fritsche, sondern ›stießen‹!« für seinen herablassenden und zugleich angriffslustigen Tonfall zu revanchieren, aber ich konnte mich beherrschen und antwortete so ruhig wie möglich »Ich würde zunächst einmal nichts denken, sondern den Betreffenden fragen.« Fritsche schaltete einen Gang zurück. »OK, dann fragen wir ihn. Und was antwortet er?«

»Zufälle«, antwortete ich. »Und zwar nachvollziehbare, begründbare, plausible Zufälle.« – »Dann begründen Sie mal schön!« Ich holte Luft. »Also, der Mordfall Thomas Kroll. Der junge Kroll ist der Sohn von Kurt Kroll, Vorstand des Unternehmens, in dem ich tätig bin.

Zweitens – die Leiche von Thomas Kroll wird im Stadtpark gefunden. Dort ist aber auch meine bevorzugte Joggingstrecke.« Und erst in diesem Moment wurde mir klar, dass Schütz wohl der Fahrer des Observierungsfahrzeuges war und mich daher vermutlich mehr als einmal im Stadtpark und vor wenigen Stunden erst bei Krolls Haus beobachtet hatte. Die Angelegenheit war wohl wirklich bedrohlicher, als ich gerade eben noch angenommen hatte.

Ich versuchte, den Faden wieder aufzunehmen. »Ja, und heute war ich bei Krolls Haus, weil seine Assistentin mich gebeten hatte, ihm Unterlagen vorbeizubringen.« – »Und sind dabei über die Pforte gestiegen und, nachdem auf Ihr Klingeln niemand geöffnet hat, von hinten in das Haus eingedrungen. Und haben sich dort ungefähr zehn Minuten lang aufgehalten. Und das alles noch in dem Wissen, dass Kurt Kroll der Auszahlung einer hohen Versicherungssumme entgegen sah. Die Berechnung hatten Sie ja praktischerweise gleich dabei!«

Ich war angesichts dieser in vorwurfsvollem Ton vorgetragenen Kaskade von scheinbar schlüssig zusammenhängenden Details zunächst einmal perplex, wurde dann aber erst richtig in die Mangel genommen. Schütz, der bisher kein einziges Wort gesagt und meinem Dialog mit Fritsche fast teilnahmslos beigewohnt hatte, sagte mit überraschend sanfter Stimme: »Und für Kimonos interessieren Sie sich auch, das ist aber interessant!« – »Oh, diese Fotos hier – das kann ich Ihnen erklären«, sagte ich rasch und setzte dann noch hilflos ein »Zumindest teilweise!« hinzu. Wieder einmal kam ich mir vor wie ein Beschuldigter in einem Kriminalroman, der im Verhör mehr und mehr in die Enge getrieben wird und sich durch seine konfusen Aussagen nur noch stärker belastet.

Fritsche tat so, als ob er die Fotos erst jetzt bemerkte. Er warf einen kurzen Blick auf die Blätter, wandte sich dann mit treuherziger Miene wieder mir zu und sagte in einem Ton, den ich guten Freunden gegenüber als scheißfreundlich bezeichnet hätte: »Da sind wir aber mal ganz gespannt auf Ihr Teilwissen, Herr Rieger!«

Ich hielt es für das Beste, mit der ganzen Wahrheit herauszurücken, auch wenn ich mich dabei in den Augen der beiden Polizisten lächerlich machen, vielleicht sogar kompromittieren würde. »Ich muss gestehen, ich hatte den Ehrgeiz, den Mord an Thomas Kroll aufzuklären oder zumindest einen substantiellen Beitrag dazu zu leisten. Ich hatte ein paar Informationen – dass die Leiche im Stadtpark gefunden worden war, der Fundort aber nicht der Tatort war, dass es am Stadttheater einen heftigen Streit gegeben hatte, in den Thomas Kroll verwickelt war. Ich wusste, dass der alte Kroll darüber, dass sein jüngerer Sohn Schauspieler werden wollte, alles andere als glücklich war, und dass die bisherige Karriere des jungen Kroll nicht gerade als Erfolgsstory bezeichnet werden konnte. Und ich habe mir seinen Blog im Internet angeschaut und da eine merkwürdige Eintragung gefunden – den Titel eines Popsongs, »This Town Ain't Big Enough For The Both Of Us«, den man auf dem Album »Kimono My House« von der Gruppe The Sparks findet. Und…« Ich wollte gerade erzählen, dass ich im Zimmer von Thomas Kroll einen Kimono gesehen hatte, als mein Telefon klingelte. Fritsche neigte den Kopf in Richtung des Apparates, was ich als Aufforderung deutete, den Anruf anzunehmen.

36

»Hier ist die Frau Kuderke«, scholl es aus dem Hörer, »warum melden Sie sich denn nicht, Herr Dr. Rieger?« – »Es tut mir furchtbar leid, Frau Kuderke, aber ich habe überraschenden Besuch bekommen, daher hatte ich noch keine Gelegenheit, …« Sie unterbrach mich. »Ach, ist er wiedergekommen?« – »Wer?« – »Na, dieser Mensch, der den Umschlag abgegeben hat!« –

»Wer hat denn den Umschlag abgegeben?« Die Witwe Couderc verhehlte nicht, dass ich ihre Geduld über alle Maßen strapazierte. »Ja, eben das hab ich Ihnen doch schon die ganze Zeit sagen wollen. Ist er also doch nicht zurückgekommen, der Saufkopf?« Die auf mich gerichteten Blicke von Fritsche und Schütz verrieten, dass die beiden sich auf das, was sie von diesem Telefonat mitbekamen, keinen Reim machen konnten. Ich versuchte, das Gespräch zu einem raschen und zugleich versöhnlichen Abschluss zu bringen. »Liebe Frau Kuderke, ich bin Ihnen wirklich sehr dankbar dafür, dass Sie die Sendung für mich entgegengenommen haben. Der Inhalt ist sehr wichtig für das, was ich hier gerade bespreche. Und nun weiß ich auch, dass es mein Kollege Domrich war, von dem die Sendung stammt. Ja, der macht gerade eine schwierige Zeit durch. Ich werd Ihnen bei Gelegenheit davon berichten. Erstmal vielen Dank und Ihnen noch einen schönen Abend!« Dann legte ich auf, bevor sie antworten konnte.

Ich hatte während des Telefonats die beiden Polizisten im Auge behalten, aber diese hatten nach meinen ersten Worten völlig teilnahmslose Mienen aufgesetzt – nicht einmal, als ich den Namen Domrich nannte, hatte Fritsche zu erkennen gegeben, ob sein Interesse geweckt war. »Ja, also«, nahm ich daher den durch den Anruf von Frau Kuderke gerissenen Gesprächsfaden wieder auf und wandte mich dabei direkt an Fritsche, »Sie kennen ja Dieter Domrich. Der ist nach Auskunft meiner Nachbarin Frau Kuderke heute Nachmittag hier gewesen und hat einen Umschlag mit diesen Fotos abgegeben. Ich hatte keine Ahnung, dass er über solche Fotos verfügt und woher er sie hat. Seit dem Abschluss Ihrer Untersuchungen zu Nollmanns Tod hatte ich überhaupt keinen Kontakt mehr zu ihm. Er hat mich auch weder über seinen heutigen Besuch noch über dessen Anlass informiert.« – »Die Untersuchungen zum Tod des Herrn Nollmann sind nicht abgeschlossen«, knurrte Fritsche, »und nun sagen Sie mir bitte endlich, was es mit diesem Kimono-Lied auf sich hat.« – »Es ist dieser merkwürdige Zusammenhang«, antwortete ich, »da ist einmal diese Botschaft von Thomas Kroll im Internet – ›This Town Ain't Big Enough For The Both Of Us‹. Das klingt wie eine Warnung oder gar wie eine Drohung – besonders wenn man an die letzte Zeile des Liedes denkt: ›I Ain't Gonna Leave!‹«

Mit diesen Worten war offenbar die Leidensfähigkeit des Beamten Schütz erschöpft. Sein Gesichtsausdruck, der mich zuletzt immer stärker an lupenreine osteuropäische Despoten erinnert hatte, drückte nun nicht mehr stoisches Desinteresse, sondern eine Mischung aus Spott und Unverständnis aus – offenbar hielt er mich ab sofort für komplett übergeschnappt. Er sagte jedoch weiterhin kein Wort.

»Na ja«, fuhr ich ohne Rücksicht auf den wohl irreparablen Verlust an Reputation bei der örtlichen Obrigkeit fort, »und dieses Lied befindet sich auf einem Album mit dem Titel ›Kimono My House‹. Das ist doch merkwürdig!«

Fritsche schien es plötzlich eilig zu haben, den Besuch bei mir zu beenden. Er erhob sich wortlos und griff wie selbstverständlich nach den Blättern mit den Fotos. Ich erwog kurz, dagegen Einspruch zu erheben oder mir zumindest auszubedingen, sie zunächst für mich zu kopieren, verzichtete aber darauf und bot stattdessen, allzu beflissen, wie es mir dann selber erschien, den beiden an, ihnen das Sparks-Album zu zeigen oder auch mitzugeben. »Ja, tun Sie das«, sagte Fritsche und fügte nach einem Blick auf die Regale mit Langspielplatten und CD's hinzu »wenn das Ding innerhalb der nächsten zwei, drei Stunden finden.« – »Mit einem Griff!«, antwortete ich und wollte nach der LP fassen, die ich ja am Vorabend angesehen und danach nicht wieder eingeordnet, sondern auf die senkrecht aufgereihten Alben gelegt hatte. Doch dann regte sich die Furcht des Sammlers vor einer Besudelung oder Beschädigung oder gar, horribile dictu, des Totalverlustes des wertvollen Sammlerstücks. Ich wollte ihm statt der LP die CD aushändigen – aber wo steckte die? Ich spürte die vernichtenden Blicke der beiden Beamten hinter mir, als ich mich den CD-Ständern zuwandte, wo ich die CD vermutete, und ärgerte mich ein weiteres Mal darüber, dass ich meine Tonträger nicht nach irgendeinem Prinzip angeordnet hatte. Nein, hier war sie nicht. Als ich mich zu Fritsche und Schütz umdrehte, stellte ich zu meiner Erleichterung fest, dass diese mich gar nicht beachteten, sondern sich sehr intensiv die Fotos anschauten. Dann blickte Fritsche auf und sagte in einem Tonfall, der nur eine homöopathisch kleine Dosis von Spott enthielt: »Na, das hab ich mir gedacht, dass Sie das Ding in Ihrem Plattenladen hier nicht mit einem Griff erwischen. Macht aber nichts, und wir müssen jetzt auch…« – »OK«, antwortete ich matt, »wenn Sie sie noch brauchen sollten… Ich finde sie noch.« Die beiden gingen in Richtung Wohnungstür, ich folgte ihnen. Fritsche antwortete auf mein »Dann noch einen schönen Abend!« mit einem kurzen »Ihnen auch!«, Schütz dagegen verließ mich genau so grußlos wie er gekommen war.

Doch nicht nur deshalb wunderte ich mich ein weiteres Mal über die merkwürdigen Kommunikationsformen der hiesigen Kriminalpolizei. Das Gespräch – ein Verhör war es ja wohl nicht gewesen – hatte mit einer massiven Vorhaltung begonnen. Angeblich steckte mein Kopf schon wieder in einer Schlinge. Was folgte war aber kein Frage- und Antwortspiel, wie man es erwarten würde. Es blieb sogar völlig unklar, was der der Zweck und in den Augen der Polizisten das Ergebnis dieses Besuches war. Andererseits – sie hatten ja wohl nicht ahnen können, bei mir eine obskure Fotosequenz vorzufinden und dazu auch noch eine in ihrer Einschätzung möglicherweise völlig abstruse Hintergrundstory geliefert zu bekommen.

Ich fragte mich, ob ich mich wohl in diesem Gespräch geschickt verhalten hatte. Ich hatte mich um eine neutrale Mimik bemüht, mich gelegentlich sogar angestrengt, eine ausgesprochene Unschuldsmiene aufzusetzen – aber wirkt es auf erfahrene Kriminalbeamte nicht möglicherweise besonders verdächtig, wenn man bewusst und absichtlich versucht, unschuldig dreinzublicken?

Vieles in mir sträubte sich dagegen – und außerdem rückte der Anpfiff der Champions-League-Partie immer näher –, aber es erschien mir nun doch unumgänglich, sofort Kontakt zu Dieter Domrich aufzunehmen. Ich wählte seine Nummer, es klingelte kurz, dann hatte ich Dieter am Apparat. Er meldete sich, und zu meiner Erleichterung klang seine Stimme nüchtern und klar. »Dieter, ich will nicht lange um den heißen Brei herumreden. Du hast heute Nachmittag einen Umschlag mit Fotos für mich abgegeben, und diese Fotos zeigen Männer in Kimonos. Einer der Männer ist Thomas Kroll. Was hat es mit diesen Bildern auf sich?« Dieter musste offenbar einen Augenblick überlegen, bevor er antworten konnte. »Also zunächst mal, Jürgen – Deine Witwe Kuderke ist ja ein ziemlich resolutes Weib. Die hat mich gar nicht erst zu Wort kommen lassen, sondern mir vorgeworfen, dass ich auf dem besten Wege sei, Dein Leben zu ruinieren. Dann hat sie mir den Umschlag förmlich entrissen und mich einfach so stehen lassen. OK. Sie hat ja nicht so ganz unrecht, aber darüber sollten wir vielleicht ein andermal sprechen. Ich hab Dir in der Nollmann-Geschichte übel mitgespielt, und ich will auch gar nicht Jörg Bernhardt vorschieben. Und ich hab mitbekommen, dass Du auch bei Kroll irgendwie dringehangen hast. Und da war meine Idee, dass ich Dir vielleicht helfen könnte, wenn ich Dir Material zur Verfügung stelle, das bisher nur Bernhardt und ich kannten, weil die ganze Sache aufgeflogen ist, bevor es zum Einsatz kam.« Seine hastig vorgetragenen Ausführungen lösten bei mir eine ganze Reihe von Fragen aus, aber ich wollte zunächst nur das eine wissen: »Du sprichst von den beiden Todesfällen, als ob es sich um eine einzige oder eine gemeinsame Geschichte handeln würde – wie meinst Du das?«

Und dann erzählte mir Dieter Domrich, warum der Selbstmord von Nollmann und der Mord an Thomas Kroll tatsächlich zusammengehörten, und wer der mutmaßliche Mörder von Thomas Kroll war.

Gegen diese Räuberpistole war das folgende Champions-League-Spiel eine ziemlich müde Veranstaltung.

37

Trotz dieser abrupten und völlig überraschenden Wendung der Dinge im Mordfall Thomas Kroll schlief ich rasch ein und war ausgeschlafen und hellwach, als ich mein Büro betrat. Natürlich hatte ich schon während der Übertragung des Fußballspiels, beim Frühstück und auch bei der Fahrt in die Firma ständig daran gedacht, welchen Fortgang die Angelegenheit wohl nehmen und was die Polizei anstellen würde und wie ich mich verhalten sollte, wenn es in den nächsten Stunden oder gar Tagen keine für mich erkennbare Weiterentwicklung gab. Ich hatte ja auch niemanden, dem ich mich vorbehaltlos anvertrauen konnte – Harald Romeike verharrte in seinem Funkloch am Nördlichen Polarkreis, und Martin Blumberg und Sabine schieden aus, weil ich sie mit meinem Wissen nicht belasten wollte oder durfte.

Aber alle meine Grübeleien sollten sich als völlig überflüssig erweisen. Als ich an meinen Schreibtisch trat, fand ich eine Mitteilung vor, die mit »WICHTIG – DRINGLICH – STRENG VERTRAULICH!!!« überschrieben war und mit der zu einer Besprechung des Vorstandes mit den Leitenden um 9:30 im Großen Sitzungssaal eingeladen wurde. Das Schreiben enthielt keine Tagesordnung und auch sonst keinerlei Hinweise auf Inhalt oder Anlass und war von Lohnert unterzeichnet.

Die Sitzung begann pünktlich. Am Kopfende des Raumes saßen um Lohnert herum die Vorstände Arnold und Wagner sowie zu meiner nicht geringen Überraschung – Söhnlein und Fritsche. Lohnert schien nervös zu sein, während Arnold und Wagner mit versteinerten Gesichtern vor sich hin starrten. Dagegen wirkten die Polizeibeamten entspannt und schauten seelenruhig in die Runde der Sitzungsteilnehmer.

Lohnert begrüßte alle Anwesenden und dankte den beiden Polizisten für ihre Bereitschaft, an dieser, wie er es nannte, Informationsveranstaltung teilzunehmen und die Leitenden Angestellten des Unternehmens über die neuesten Erkenntnisse im Mordfall Thomas Kroll zu unterrichten. Dann erteilte er Söhnlein das Wort.

Söhnlein dankte seinerseits für die Gelegenheit, über den Fall und – er ließ sofort die Katze aus dem Sack – dessen Aufklärung zu berichten. Ein allgemeines Raunen ging durch den Saal. Diese direkte und auch schnelle Unterrichtung, so Söhnlein, würde hoffentlich insbesondere dazu beitragen, allen Spekulationen und falschen Gerüchten den Boden zu entziehen.

Dann fuhr er mit seiner mir vertrauten Fistelstimme und in dem Tonfall eines routinierten Pressesprechers fort: »Es ist vermutlich hier im Hause nicht ganz unbekannt, dass die Beziehung zwischen Herrn Direktor Kroll und seinem nun verstorbenen jüngeren Sohn Thomas sehr angespannt war. Der Hauptgrund hierfür lag darin, dass Direktor Kroll die Berufswahl seines Sohnes nicht guthieß. Wie Sie alle wissen, ist – d. h. war – Kroll Junior Schauspieler an der hiesigen Bühne.

Diese Spannungen eskalierten, als Direktor Kroll Kenntnis davon erlangte, dass sein Sohn eine sexuelle Beziehung mit Herrn Direktor Werner Nollmann eingegangen war. Als Herr Nollmann davon erfuhr, dass über diese Beziehung hier im Hause geredet wurde, nahm er sich nach einem letzten Treffen mit Thomas Kroll, über dessen Verlauf und Ausgang wir bisher nur wenig wissen, das Leben.

Daraufhin verschärften sich die Spannungen im Hause Kroll noch mehr. Thomas Kroll wurde durch Auseinandersetzungen am Theater, insbesondere durch einen Konflikt mit einem anderen Mitglied des Ensembles, zusätzlich belastet. Es kam dann, vermutlich unter Alkoholeinfluss, zu einem erneuten heftigen, auch körperlich ausgetragenen Streit zwischen Vater und Sohn Kroll, in dessen Verlauf Herr Direktor Kroll seinen Sohn erwürgte.

Die Leiche wurde im Stadtpark abgelegt. Dabei verlor eine Person, die Kroll bei dieser Aktion behilflich war, einen Gegenstand, der ihre Identifikation ermöglichte. Wir haben diesen Gegenstand sichergestellt und mit Hilfe dieses Fundes erste Spuren ermittelt und den Fall schließlich komplett aufgeklärt.«

Söhnlein hatte diese Verlautbarung routiniert, ohne Gebrauch von irgendwelchen Notizen zu machen, heruntergespult und dabei meist auf die Tischplatte vor sich und gelegentlich in die Runde der ihm mit großer Spannung folgenden Zuhörer geschaut. War meine Wahrnehmung richtig, dass er mich dabei ausgespart hatte? Nur einmal, als Lohnert sich bei der Beschreibung des Tathergangs sehr laut räusperte, hatte er sich diesem zugewandt, ohne seinen Redefluss zu unterbrechen. Im Auditorium war es mucksmäuschenstill gewesen. Aber nun, als Söhnlein sich in seinem Stuhl zurücklehnte und wieder auf Lohnert blickte, begann ein Flüstern und Tuscheln, das Lohnert mit einem ziemlich hilflos klingenden »Darf ich um Ruhe bitten!« zu stoppen versuchte.

Obwohl ich vermutlich neben Lohnert derjenige war, den die Ausführungen von Söhnlein am wenigsten überraschten, saß ich doch wie gelähmt und vor den Kopf geschlagen auf meinem Stuhl. Es war ganz besonders die Entlarvung von Kurt Kroll, diesem so väterlich wirkenden Vorgesetzten, als Totschläger seines eigenen Sohnes, die mich erschütterte. Vor allem aber empfand ich eine fast unerträgliche Beklemmung bei der Vorstellung, dass ich ein passiver und gelegentlich ziemlich ahnungsloser, aber ständig irgendwie präsenter Nebenakteur in einem Drama war, das die scheinbar so heile Welt meiner Umgebung und meines Unternehmens und meine ohnehin kollabierenden privaten Beziehungen in wenigen Wochen aus den Angeln gehoben und dabei zwei Tote und einen Sohnesmörder produziert hatte.

Ich musste auch an die Witwe Nollmann denken, die in Söhnleins Schilderung nicht genannt worden war und deren genaue und vollständige Rolle in diesem Trauerspiel ich nicht kannte, deren Leben ich mir aber als komplett zerstört vorstellen musste.

Ich hörte Lohnerts Stimme, verstand aber bis zum Ende der Versammlung kein Wort von dem, was er sagte. Dann erhoben sich alle von ihren Stühlen, und ich rannte fluchtartig zu meinem Büro, fast panisch darum bemüht, mit niemandem auch nur einen Blick zu kreuzen, geschweige denn zu sprechen.

Längere Zeit – eine Viertel, eine halbe Stunde? – saß ich wie erstarrt an meinem Schreibtisch. Tausend Gedanken schossen mir durch den Kopf – was würde mit dem Mann passieren, der mir den Spitznamen Alfredo verpasst hatte, wie würden die Mitarbeiter reagieren, wenn sie alle Einzelheiten erfuhren, was würde darüber in der Zeitung stehen? Wie würde sich der neue Vorstand unseres Hauses zusammensetzen – würde Späth neuer Vorstandsvorsitzender werden? Welche Auswirkungen würde das auf meine Position haben? Und immer wieder kreisten meine Gedanken um den Vorfall, mit dem für mich alles begonnen hatte – als Nollmann an meinem Computer stand, weil er durch die offene Bürotür das Konterfei von Thomas Kroll auf meinem Bildschirm gesehen und geglaubt hatte, dass ich ihrem Verhältnis auf der Spur war.

Mir fiel ein Satz aus einem Roman von Timothy Garden Ash ein: »Wenn ich doch bei dieser Suche auch nur einem einzigen unzweifelhaft bösen Menschen begegnet wäre.« War Jörg Bernhardt unzweifelhaft böse?

Ich ging in die Küche, um mir meinen Doppelpack zuzubereiten, eine Tasse Kaffee, einen Becher Tee. Auf dem Flur vor meinem Zimmer war niemand zu sehen, und ich verschloss die Tür, so, wie ich es seit ein paar Wochen immer tat. Niemand war in der Teeküche. Als ich zu zurückging, hörte ich Stimmen. Sie kamen vom entfernten Ende des Ganges, vermutlich aus einem Büro, dessen Tür offenstand. Ich wollte in meinem Zimmer sein, bevor jemand kam und mich ansprechen konnte. Das erforderte den Balanceakt, den Dieter Domrich in, wie es schien, grauer

Vorzeit immer so bewundert hatte. Die Stimmen kamen näher, eine davon war mir wohlbekannt. Ich wollte mit dem rechten Ellenbogen die Klinke meiner Tür hinunterdrücken, da passierte es – die Kaffeetasse, die samt Untertasse auf dem Teebecher stand, kam ins Rutschen und fiel zu Boden. Der Kaffee ergoss sich über meine Hose, meine Schuhe und den Teppichboden. Es war wie ein Hohn, als mir der Boden der leeren, aber unversehrten Tasse aus der Pfütze des ausgelaufenen Kaffees entgegenlachte.

Die Geräusche, die dieses Malheur verursacht hatte, waren nicht sehr laut, und ich bemühte mich auch erfolgreich, einen Fluch zu unterdrücken. Trotzdem trat aus der Tür, aus der die Stimmen gekommen waren, eine Frau hervor und schaute zu mir hin. Es war Sabine.

»I'm A Loser, And I Lost Someone Who's Near Me, I'm A Loser, And I'm Not What I Appear To Be.« John Lennon hatte Recht, wie immer.

In Vorbereitung:

Wolf-Rüdiger Heilmann
Ein tödlicher Ruf
Kriminalroman